滄海叢刊

種子落地

葉海煙 著

1986

東大圖書公司印行

© 種子落地

作　者　葉海煙
發行人　劉仲文
出版者　東大圖書股份有限公司
總經銷　三民書局股份有限公司
印刷所　東大圖書股份有限公司
　　　　地址／臺北市重慶南路一段六十一號二樓
　　　　郵撥／〇一〇七一七五—〇號
初　版　中華民國七十五年十二月
基本定價叁元叁角叁分
行政院新聞局登記證局版臺業字第〇一九七號

種子落地
編號 E83157
東大圖書公司

自序

小時候，很喜歡在下雨過後把一粒粒龍眼子撒在溼潤的地上，那種等待它們萌芽的興奮心情，至今記憶猶新。生命總在細微處現其精采，小小一粒種子已然含藏萬般婆娑，其中確有耐人尋味之處。放翁詩云：「老境雖無多，為農尚有餘」莊稼漢的福分是有超俗的趣味。

如今舌耕兼筆耕，或縱身躍入腦海，或腳踩自家心地，雖已不披簑衣不戴斗笠，但仍多少聞得出泥土氣息。拿一枝細筆和一把鋤頭相比擬，在形似之外，一種觸及血脈的震動依稀相似。長時間緊握筆管的痠楚令我彷彿聽見母親的呼喚：「天快黑了，我們回家吧！」

三年前，開始方塊文章的寫作，一張稿紙就是一方菜畦，是需有園藝家的手腳。找題目頗為辛苦，接合觀念亦非易事。我一直相信思考仍然保有生命的有機性，如何避免反生命的機械性侵入思想園地，必須有相當的自覺的本事。三年來，一百多個題目造成一百多次撞擊，撞擊一直優游於哲學和文學之間的心靈，我是不得不正視這個時代、這個社會、這個有著人文傳統的人羣。於是我搖身變成一名行腳僧，棲止於自然與文化之間，聽著水聲與鳥鳴，也試圖聽懂遠處的人聲與車聲。

為了長保思維的衝力，並使每一次的腦神經的運作不致落空，我在每一個高度每一幅視野，都努力於心的包容、眼的開啓及胸襟的拓大。生活的意義是我的一貫意理，知識乃我珍寶，但知識的價值却非詳加斟定不可。在追求生活意義的前提下，經由所受過的知識訓練的引領，我於是昂首進入文化的氛圍，並伸手向某些社會現狀，企圖以抽象的能力攀爬過藤蔓交纏的枝葉，一路邁向水源地。我的文字可能浮漫，我的理路可能迷亂，但我高張的人文關懷將永遠不墜，因為我在人文的養育下長大，如同千千萬萬的中國青年。

謹以此書就教於各方高明。不敢自誇握筆的氣力，只希望在一小粒種子落地之後，能够和所有有血性有頭腦的這一代一起注視它的成長。我相信中國的土壤十分適合優秀的品種，而在這一大片土地上，所有的品種都該當是優秀的。在此，謝謝三民書局給拙作出版的機會，謝謝淑均的容忍與支持，謝謝親朋好友的多方鼓勵。

民國七十五年十一月二十一日

葉海煙　於澄清湖畔

目次

小孩是自轉的輪

近來有關兒童的研究及著述，如雨後春筍，蔚為風尙。諸如兒童心理、兒童文學、幼稚教育、資優生（天才）教育、兒童學習電腦等皆成爲熱門話題，使大人們爲之投入無數的智慧與心血。此情此景，委實動人。

中國人素來認爲小孩是寶，現代兒童教育家強調孩子的可塑性最大，「不失赤子之心」是人們嘴邊常掛的讚語，小孩的天眞純潔似已成爲大人心目中不可企及的高遠理想。確實，小孩無邪的笑臉是人間快樂的泉源，他那永無止息的精力更推動了所有關節日趨僵化的成人。小孩又豈止是未來世界的寄望？

終其一生謳歌「超人」的尼采在「查拉杜斯屈拉如是說」一書裏，也曾如此讚頌過小孩：「小孩是天眞與遺忘，一個新的開始，一個遊戲，一個自轉的輪，一個原始的動作，一個神聖的肯定。」尼采似乎把塵世上的孩子當作是超人的雛型，而他這一段話，對今日所有關心孩子成長與教育的大人們，應有豐富之啓示，或更有棒喝之作用。

如今多少孩子之天眞已慘遭斲傷，而爲社會所污染。多少孩子更喪失遺忘的權利，如北平鴨子般等待塡食。大人們雖仍視孩子爲一個開始，但不是新的開始，而仍在傳統的舊圈圈中。大人們更百般爲孩子們設計各種遊戲的模式，孩子已如大人手中的積木，任憑擺布，而所有坐在電腦前面的孩子更不再是自轉的輪，他們被奴役的程度著實可驚。

潮流難以阻擋，但在潮流漫不上的岸邊，我們仍有權利大聲疾呼：還給我們一個原始的孩子，一個自轉的輪。

中國時報美洲版副刊

知識大海及漁夫的困境

一般人常會把知識比喻成無邊之浩瀚大海，但卻少有人會因此自覺本身卽是大海中與風浪搏鬪的一介漁夫。

而知識之浩瀚大海又是如何形成的呢？這問題少有人注意，人們大多祇關心自己所能把握得到的知識（或誇說爲「眞理」），正如捕魚人雖身處大海中，卻祇對自己所在的方位保持高度警覺。

就知識本身而言，一般有關客觀性與主觀性的論辯常無多大之意義。在大多數交換知識的場合，所有參與者的話題幾乎都祇環繞一個核心：「重要」(Importance)，揀擇自認爲重要的，而揚棄其餘不重要的。西方當代大哲懷海德 (A.N. Whitehead) 在其「思想之方式」(The Modes of Thought) 一書裏說：「我們對於眞理的熱誠，實先假定興趣。卽長期的觀察，亦先假定興趣之一念。因集中的注意，卽爲對無關事件的忽視，而這種忽視，則僅能以某一重要之感來維持。」懷氏乃認爲所有學說之主張，其本身就是重要的要求。重要之感，如一把萬能鑰匙，可用以開啓所有自我禁錮的思想意識，亦如一座不熄燈塔，讓所有自以爲是的人（其實，所有的人皆自以爲是）瞭然本身之處境，而走出知識大海的茫茫灰霧。

智者的謙虛大概就在於儘量抑低自己所知的重要而大方地提高別人所知之重要性。每一個人皆祇能是一個點，沒有人有權力能攫住「線」並壟斷「面」，而每一種亟求系統化的知識常得付出相當的慘重代價；正如有一個難題可能要捕魚人面對：當捕到一條比其漁船還大的魚時，他該怎麼辦？那取捨就需要有自知之明了。

中國時報美洲版副刊

哲學家失業了

美國哲學協會的執行秘書諾門・波易（Norman Bowie）認爲：在目前經濟不景氣時，哲學系在美國的大學裏最被指責詬罵。他估計美國約有兩千五百個哲學家失業，而每年有八個新起的哲學家公開角逐每一個工作機會。許多大學的哲學課程已被政治學家、邏輯家甚至英文教授併吞掉。譬如：去年，麻省理工學院的哲學系就被強而有力的語言學系吸收合併進去。

這消息一點不足驚訝，因爲國內的哲學系畢業生，其出路之窄，早有目共睹，就連教書的機會也遭到封殺。在科技掛帥的工商社會，哲學的冠冕已被摘去，所謂「愛智之學」處於智慧漸爲知識所取代的潮流下，當然遭到貶斥。回想紀元前，哲學的光芒在古希臘曾照亮西方的心靈，成爲往後一切學術文化進步的領航燈塔。如今，這燈塔已黯然無光，人們轉而喜歡另一種光芒的指引。

設想哲學家滿街走的社會當然不可思議，但若所有的人皆沒有哲學的素養及眼光，那麼人類社會和蜂蟻社會的距離勢必拉近許多，這卻也十分難堪。要求人人以哲學爲主攻的學科是妄想，但把哲學納入知識傳授的管道中，讓更多的人接觸這冷卻劑（冷靜吾人頭腦）和潤滑油（潤滑吾人心靈），則對於「術業有專攻」的現代人必有意想不到的好處。於人們促膝談心之際，一點哲學知識便能激起多少心頭漣漪！而在政治教化的大局勢裏，哲學家縱不能當王，也該是個開路先鋒吧！

哲學家可以失業，但哲學不能失落。這光球若殞，世上的黑暗便將加深加重許多。

中國時報美洲版副刊

「心靈的抽筋」能避免嗎？

「哲學是反對我們理智受語言蠱惑的戰鬪」

——維根斯坦

語言分析的先驅維根斯坦，有一天走過一片操場，當時操場上有人正玩著足球遊戲，他腦海裏突然閃過一念：我們的語言不也是以「文字」爲遊戲嗎？維氏於是提出「語言遊戲」之理論，強調語言是一種活動，一種「生活方式」。我們使用語言須遵守一定之規則，如任何遊戲皆有其規則一般，而語言之意義必須在語言之使用中去尋找。

維氏進一步認爲：哲學問題是一種因我們誤解語言形式所產生的問題。祇要能使吾人之理智排除語言之困擾阻礙，則一切哲學問題卽一切思想問題便可迎刃而解。維氏於是落下鐵錚錚的這麼一句話：「哲學是反對我們理智受語言蠱惑的戰鬪」。

底下這個妙喻或可當作一則笑話：「有一次，我們（維根斯坦和馬孔）在一起對哲學做了一次驚人的觀察，一個陷入哲學困惑的人就像是一個住在房屋裏面的人，不曉得怎麼出去。他想由窗戶出去，可是窗戶太高了。他想由煙囱出去，可是煙囱太窄了。要是他轉個身子，他便會發現門一直是開的。」不幸的是這個笑話如今仍可能隨時發生在每一個人身上，大概祇有那些不思不想飽食終日之徒才能倖免吧！

思想是人道的起點，而也唯有能思考的人類會說話，語言文字乃成爲思想之最佳利器。維根斯坦對文字語言作了深刻的診察，並設法加以治療，其曠世之功不可沒。從此，吾人是應充滿信心地期待：所有因語言文字意義之混淆及爲抽象名相圍困而引起的「心靈的抽筋」(Mental Cramp)，必可同樣地以清晰有效的語言文字予以根治。我們實不必像林語堂先生所說：「哲學目前的成就僅是：愈加解說，愈加使人模糊」那樣地對哲學失望。

門一直是開的，就看我們有沒有轉身。

中國時報美洲版副刊

向「絕對」開放，對「相對」負責

地球有南北兩極，人的心靈世界也有兩極：一曰絕對，一曰相對。地球自轉又公轉，人的心靈世界亦運行不已，其軌道就由絕對與相對平行而成。

絕對與相對是兩個極其空泛的字眼，但卻都蘊含無窮之意義。絕對者如人頂著天，巍峩崇高，引人仰望企慕，舉凡文學藝術及道德宗教所宣示的精神內涵，常染有絕對者之高貴色調，乃有智者勇士爲其流血犧牲，是所謂「殉道者」。絕對恰似心靈之標竿，誰都想往上爬，誰都想當精神的貴族。相對者則如人腳著的地，豐富厚重，萬象繽紛，舉凡血肉之營生，感官之作用以及一切有形之存在，都在相對的關係中。如魚之於水，人是須臾不能離開相對世界的。縱然成了神仙，仍得有山河大地供其偶爾停駐，留下鴻爪足跡供人遐思憑弔。

這二元化的局面是有些命定的，任誰也擺脫不掉。所謂的一元，其實是設法在二元之間求一個穩定的均勢，以便左右逢源，上下包抄，並非另有什麼法力可除去其中之一。當前的世界，絕對者的權力逐漸消退，而相對者的勢力則漸形膨脹；一消一漲之間，精神空間的氣壓顯得極不穩定。不斷的拉拉扯扯，這永恒的軌道變得崎嶇難行，肇生了人車翻覆的危機。此刻，我們不可偏袒任何一方，祇能以容忍的態度，承認兩者同等之重要性。我們更希望絕對者能不被魔鬼所玩弄，而相對者也不爲蜂蠅所麕集。

絕對者是靈魂的電源，相對者是肉身的滋養。絕對之理想世界要我們向它開放，甚得義無反顧；相對的現實世界則要我們對它負責，且要反哺報恩。我們必須戰戰兢兢，如走鋼索者，手持的長竹竿要儘量保持水平；而絕對和相對的關係若能漸趨於水平，那大概就是人類最高的幸福了。

中國時報美洲版副刊

「價值」就快死了

「價值」(Value)在科學昌隆的廿世紀，似乎成了過街老鼠，人人喊打。哲學界異軍突起的邏輯實證論首先發難，以至於科學主義、行爲主義之滲透入社會科學各部門，幾乎凡是科學大旗飛舞之處，「價值」便急忙廻避，其狼狽之情形，令人可笑又可恨，而脫掉「價值」外衣的人類，是眞的快變成「裸猿」(The Naked Ape)了。

尼采高喊「上帝死了」，造成人類空前的心靈大地震，而如今處處「價值就快死了」的掙扎慘狀卻引不來萬物之靈的一滴淚水，祇有少數保守分子仍死抱住這人與禽獸間的一道牆，演一段「哭牆」的悲劇罷了。當然，「價值」今日之落難，本身也要負一部分責任：其層次之混淆，觀念之曖昧與欠缺興奮之激素，使得人人對之興味蕩然，甚且目之爲干擾現實之魔。但是，無論如何，就人類之生存奮鬪史來看，「價值」之功實不可沒；它保衞住人的尊嚴，建構成人的理想，且使人不斷編織希望之夢。甚至可以說：人類文明就由「價值」的溫床撫育長大。

對於科學，我們仍將給予最高的禮讚，但我們也敦請科學在堅壁清野之際，不要再對「價値」落井下石，到底「眞」也是一種價值，它是必須和其同胞骨肉——善、美、聖等同心協力來捍衞人心的長城的。內鬨不容再演，今後理應兄弟們聯合一致對外，迎向那些以呑食「價値」爲樂的豺狼。「價値中立」(Value-Neutral) 並非超然作風，混淆價値也非正經事，祇有在價値與知識以及生活締親結合後，人的生命才能永保完整而康強。

中國時報美洲版副刊

大自然是座大劇場

人與大自然的鬪爭史可謂血淚鑄成，近數百年在科學慫恿之下，六尺之軀更壯膽向「宇宙巨人」挑釁，勇氣著實可嘉。但是，沈默的大自然卻篤定無比，像是如來佛安坐不動，握有科學這支金箍棒的人類是愈來愈像號稱「齊天大聖」的孫悟空了。在東方，人和大自然卻有另一種關係。

中國一部通俗小說「鏡花緣」，將大自然之種種皆點化成活生生的人物神仙，如風姨、月姐、百花仙子、百鳥大仙、金童、玉女等等。一切冥頑不靈之物在中國人眼中都有了生命，此種「萬物有生論」是中國宇宙觀的核心。中國哲人的最高理想便在和大自然結爲一體，若有人破壞自然或背離天生之種種，那麼一切的天災人禍都要算在他頭上了。

懷海德認爲大自然是一切活動內在關係的劇場，是充滿生命的，他更以近乎中國智者的口吻說：「吾人在宇宙中，宇宙在吾人中」，東西智慧的火花交併爭輝，這是最燦爛的明證了。中國人早以乾坤爲戲場，不須粉墨便登場，無論淺酌低吟或廝殺喊打，都在這廣大的劇場中，如此遊戲大化，逍遙太虛，那還有興致去觀想蘋果因何落地呢？

中國「萬物有生」的自然宇宙觀雖未能鼓舞科學之研究，但在科學戕害自然生態，破壞生存環境之餘，它卻有整治復原的診療作用。若現代中國人能把善講關係的才能，由人與人之間移轉到人和大自然之間，那豈止是中國之幸？

戲是一直要演下去，戲碼也隨時會變，因此，這座大劇場永不能坍倒，也不能遭到毀損。

中國時報美洲版副刊

一個觀念，一種命運

常看見有女人伸出玉手任人觸摸，或端坐不動讓人細瞧，這可不是什麼親熱的動作或表情，他們是在看手相或面相。幾乎每一個傳統的中國家庭在喜獲麟兒之際，都會替這個人事尚不知的孩子去算好「八字」，作爲他一生的藍本。許多人在失意時都難免興起算命的念頭，甚至就忍不住「君子下馬問前程」。聽說達官貴人更樂此不疲，因宦海浮沈，殊難逆料。

相命之術一直不被承認是一種正當學問，且常被打落入江湖草野，這大概是知識份子堅持知識高貴之尊嚴所致。大凡一種知識，應有其可見之證據或可說得通的理由，而相命先生那一套，除了當事者「信以爲眞」的感覺外，幾無客觀性可談，且無檢證之可能。另外，知識也需有其積極之效果，沒有效果甚或沒有反效果的知識必遭人棄如敝屣。所謂「命運學」便常造成宿命心理，而有害於個人之進取與社會之進步。

其實，現代人所擁有的一切，絕大部分已是人類自己所創造發明的，且極少在人們控制掌握之外；而人本身之種種，也幾乎全由本身之思想觀念所鑄造，連最有阻擾作用的本能、情緒等，在強有力的觀念引導下，都可乖馴無比，且成爲人生之動力。共產黨可說是一個最好的壞榜樣，所有被共黨奴役的人們，他們的命運難道不是共產黨徒的思想觀念造成的嗎？

一個清晰正確的觀念，一種光明正大的命運，命運實乃觀念的投影。無論個人或羣體，如今皆已被形形色色的思想觀念所浸透，其間交織之複雜詭譎，大概連電腦也計數不清，算命先生更要徒喚奈何了。在唯物及功利主義橫掃各地的年頭，我們是寧可做一個觀念論者甚或唯心論者，祇要能突破觀念之繭，而轉動吾心如轉動車輪，安然駛上自己的道路。

中國時報美洲版副刊

理智的三級跳

人心（或曰「人腦」）和動物的感官好比遠親，它們共同之工具——神經系統，雖各有其妙用，但畢竟有相似的性質可供探索。億萬年來，彼此憑眞本事在進化的路途上爭相奔馳，而人是早已飛越動物攀爬的平面了。

人之所以能走在進化的尖端，幾全賴人心之助；而動物之所以落於人後，也就在其神經系統之未臻神妙。人心之突破感官控制，乃人類文明莫大的勝利；動物之困於本身遺傳，注定其世代不變的命運。而在人心諸多功能中，要以「理解」（Understanding）爲最重要了。理解如劍，斬割了多少事物之糾葛，也使人在本能的黑暗中洞見了無可計量的光明。

理解爲一不斷深入以迄完成的歷程，它先消化感覺而後緩慢地不斷成長，至今距離「全知」之境地仍相當遙遠。因此，一個智者的特色是無比的耐心和虛心。而在理解主流之旁，卻經常有迴流成渦，陷溺人心於不測之境，此迴流卽「直覺」。直覺夾帶諸多感覺急急奔竄，乃人心意欲以抄短路走捷徑的方式去尋覓眞理，其成功常給人莫大的驚喜，但其失敗的代價則是整個理智的陷落，甚至文明的腳步也要因此延緩幾許。直覺確實有效，但如同特效之藥，並不能經常服用，到底人心是脆弱的，人類文明更得小心維護才行。

今日中國哲學界有人大倡「智的直覺」，這名詞確具煽惑性，其人之苦心也殊足敬佩。但以「智的直覺」來把握所謂「絕對的眞理」，卻令人堪疑。直覺雖不離理智，但它無能洞悉主觀理智之整體與客觀眞理之全面，其理甚明。此種三級跳的進路還是少用爲妙，彳亍步行才是眞穩健。何況若有人假借「智的直覺」將絕對眞理化爲絕對權力，其危險性更要敎人寢食難安了。

中國時報美洲版副刊

孔子開糧號

儒家在傳統中國幾乎唯我獨尊，但在現代社會裏，它卻面臨極端激烈之挑戰。從民國八年的五四運動以來，儒家已由指揮文化演進的大導演，轉爲幕後活動的角色。對於年輕的一代，它已喪失原有的親和力。如今孔孟荀的智慧並不比希臘夜空的星輝更能動人，復興中華文化則往往是一些老成宿儒當仁不讓的使命。

雖東西仍在混戰之中，然東方將永遠是東方，這不僅是地理上的界定，更是文化上的命定。中國是東方之中心，而孔子又是中國之樞機，這無關乎英雄崇拜或宗教神話，這是生命洪流之追本溯源，精神天地之立定重心。孔子之所以被頌爲「大成至聖」，就因爲他集中國文化之大成，使中國人在文化上尋到根——永不死的根。中國這塊土地是有它特別之滋養，而孔子所發揚壯大的人文精神，就極適合在此植根繁茂，這有事實作證，並不須在邏輯上找理由。

中國的生命是剛健又柔韌無比的。孔子「知其不可而爲之」，又能因時行道，知權達變，所謂「聖之時者」，就是中國生命之最佳榜樣。或可冒昧打個比方：孔老夫子開的是糧號，舉凡生民所食，五穀雜糧，一應俱全。不僅他本人因此身強體健，不失山東大漢本色，也足可照應億萬同胞之日常所需而不虞匱乏。如今這兩千多年的老店之所以衰落，是因爲主持這間糧號的經理伙計們，已不似從前那般熱心，而又不懂現代商場經營之道，以致那滿倉的糧食遭到腐敗的命運。暴殄天物，孔子何罪？五穀又何辜？若識者能集結羣力，重振家業，則是中國之幸，世人之福了。

中國時報美洲版副刊

老子賣藥

想像中，騎牛出函谷關的老子，身上佩一葫蘆，該是理所當然的，因爲老子確像個山中採藥的老者，平素如閒雲野鶴，優游山林，祇偶爾下山賣藥，以便沽一壺老酒。留下五千言的道德經，似乎也是偶露一手，無心之作。

若孔子是中國第一人，那老子該是二號人物了。但是，以老子的脾氣，他老人家豈肯屈居第二？如此排行，對老子而言，更是毫無意義，因老子最厭惡世人之汲汲於名利了。他連「道」之一字也不肯多用，是不忍心讓它拋頭露面而遭世俗之風霜。孔子所倡之仁義禮智，他更加看不在眼裏。倒是大自然的風物，卻很得他的青睞。水是最令他老人家動心了：「上善若水」，「天下莫柔弱於水，而攻堅強者莫之能勝」，這似乎有點童心未泯的樣子，三歲小孩不是最喜歡弄水爲戲嗎？

老子葫蘆裏賣的藥，不僅能治身，更能治心。多少中國人於坎坷世路奔波之餘，便帶着滿身的傷痕找老子的藥去了。正如老子自己所說：「吾所以有大患者爲吾有身。」一身的血肉，打滾在紅塵之中，誰能無病？而一顆心搖晃在不潔的空氣裏，又怎能不遭風寒？印度人稱許釋迦牟尼是「大醫王」，那老子該是中土的大醫王了。雖老子的藥可能被錯服濫服，以致出了差錯；一些玩弄權謀之徒，打老子招牌行騙，讓人誤以為老子無異於鬼谷子。其實，老子志在高山流水，他是壓根兒也不想為政治服務的。一切的詆毀流言，實在進不了老聃的大耳。

且休說老子消極遁世，那五千字的藥單子，便是他熱切關心世人的明證。他不似江湖郎中，也不像都市名醫。當我們生病，特別是罹患心病時，若能憶起這位老人和老人葫蘆裏的藥，那就可少花些醫藥費了。

中國時報美洲版副刊

怎不見營建理論的雙手？

孔子說「吾道一以貫之」，似乎偉大的孔子已如康德、黑格爾般完成了系統的大著作；其實，「述而不作」的孔子並未曾致力於構築此項思想系統化的大工程，而將其智慧之言語散布於文字尚欠缺嚴密組織的經典裏，如滿天星星之撒於夜空。

中國文化是中國人睿智的結晶，但令人驚訝的是在此一睿智的文化裏，竟未能聚中國無數之聰明成一知性之傳統，甚時有反知之逆流。孔子重德勝於知，老莊更倡「無知」以回歸大道，所謂「慧智出有大僞」「絕聖棄智，民利百倍」，知識不僅無功，竟然有罪，當然，中國聖哲之斥退知識，有其超乎知識之理想在；但中國文化之未能形成獨立清高之知識界，以防止世俗洪流之氾濫，則與此實踐主義甚降爲實用主義的潛流不無關係。

百年來中國文化更喪失了知識的免疫能力，面對西方形形色色的思想理論，竟無能揀擇或抗拒，其主要的原因是中國文化本身沒有一道防禦的長城——知識的長城，亦即在知識的廣野裏，欠缺各種獨立自足又能自由開放的理論。一種理論便是一塊砌築文化長城的磚頭。所謂「道統」

如深藏的根，卻一直未能向開闊的天空掙出繁盛的枝葉。開放自由的思想市場是需要有濃濃的綠蔭庇護的。

在中國哲人的腦海裏，有太多的觀念如火花迸射，卻一直未能凝聚成有效的火力，以擊退來犯的敵人。希望有朝一日，在這塊厚重的大地上，知識的寶塔能巍然矗立，其中有更多的不食人間煙火的學者專家悠游自在。到底知識不能祇爲現世服務，而學問也不可成天與生活厮混啊！

中國時報美洲版副刊

巧度知識之彩虹

「歸根結柢，智慧就是一種慾望」

——沙特

亞里斯多德在「形上學」(Metaphysics)一書中劈頭便道：「所有的人天生卽渴望認知」(All men by nature desire to know)，如此斬釘截鐵地肯定「求知」乃是人類與生俱來的最大的慾望之一，乃是人之所以能超乎動物的另一種本能。西方文化便由此一本能展現出知性的光輝，以至於今日之燦爛。

傳統中國人則認爲人之所以爲人，乃在於人性本具之仁，卽所謂之「明德」，顯然中國文化之德性主流是源遠流長的。雖王陽明大唱「良知」，但此知是指道德上辨別是非善惡的能力，和西方之知截然有別。當然，中國文化仍有強調求知、求學的學術勢力，如荀子便是其中佼佼者，可惜這股力量一直未能壯大，根本無法和主德之當權派相抗衡。

或許中國哲人身心之彈性及柔軟度甚佳，他們常想一跳就躍入智慧大海。相對之下，西方人則顯得笨手笨腳，老是在建造知識之橋樑，然後小心翼翼地走過這道人造彩虹，進入夢幻的理想國度——知識的家鄉，有泉名曰「智慧」。就連當代最反傳統知識架構的存在主義哲學家，依然沈溺於思索之中，如大師海德格，他的賢內助便曾代他下逐客令道：「請勿打擾，他正在思想」。沙特雖愛文學甚於哲學，但他到底是一位思想家，以編織觀念爲能事。

知識有用，智慧無價。知識如階梯，智慧則似閣樓。追求知識是一無垠之旅，握弄智慧乃最大享受。兩者綿貫縱橫，交纏成一體，實割捨不得。中國的智者是該老老實實，腳踏知識的階梯一步一步往上爬了；而西方人或可在整合知識之際，多開幾扇窗子，多鑿幾個通氣孔，以防窒息。

中國時報美洲版副刊

我們需要貴族

機械文明帶來了財富與享樂，民主政治賜予自由與平等，這是現代人的福音。在幸福氾濫與希望繽紛之際，現代人便爲了改定人生意義，並更換人生價値而奔波忙碌。簡單的物質生活成了昔日之噩夢，森嚴的封建制度也如大西洋帝國，永遠陸沉了。

二十世紀理應是個人雀躍歡呼的年代，但隆隆之機械聲卻如潮水湧來，淹沒一隻隻直挺的腳踝。選舉還給人們等值的尊嚴，卻也製造了新的羣衆。許多關心當代社會的學者都如此宣稱：在羣衆或選舉中，要維持人格和創造力是極困難的。世事總吊詭，當初民主政治的先知先烈們，一心只爲個人之自由與權利著想；如今，一架架嶄新的政治機器卻大量生產同樣的貨色——相同的選票、相同的投票的人。挾科技以襲捲文明的工業和商業，更使此一吞滅個人的趨勢變本加厲。設想齊克果地下有知，他那鐫刻「個人」兩字的碑銘將是血光閃閃。

威爾杜蘭說：「逐漸地，技術在機械之前消失，品質在數量之前消失，藝術在工業之前消失，性格在財富之前消失；人類不久也將消失，祇有按鈕和開關會存在。」這話一點也不誇張，如今電腦之進步普及確已預示了一個非人的時代：人性淪亡、人命變質，因人腦電腦化了。世紀末的餘暉，使我們油然懷念起古中國與古希臘，那些莊嚴高貴的種族，他們充分流露出人性的光采：孔子的品德，蘇格拉底的聰慧；孟子的氣魄，柏拉圖的心靈；荀子的學問，亞里斯多德的知識。他們是精神之貴族，億萬平民仰望的高峯。他們才是眞正的個人，我們正需要他們。

難道二十世紀的人類已無法再使心靈與肉體作完美的整合嗎？難道除訓練專家之外，現代的教育就無法再培養高尙典雅的通人嗎？難道在羣衆中不能有個人，在技術之上無法有藝術嗎？我們熱切地盼望：在一輛輛疾駛的轎車裏，能看見一張張優美的臉，於亮麗的衣服包裹外，有包裹不住的雍容與華貴。

中國時報美洲版副刊

釋迦只開棺材店嗎？

中國人的宗教態度確是自由而開放的。就近百年來的歷史看來，中國眞是世界各宗教的樂土。在各教爭馳，各顯神通的情況下，本土固有的神教（以道教爲首）仍固守廣大的非知識階層，勢力最大；西方宗教由知識分子及社會活躍份子大力宣揚，也有其不可輕視的潛力；其間處境最難堪的便是曾在唐宋盛極一時的佛教了。

佛教雖由印度傳來，但由於是東方產物，加上機緣湊合，一千多年來已由中土人士再造爲中國之佛教了。在唐宋兩代，甚至吸引了中國最高妙的聰明才智，放射出空前的光輝，如天台、華嚴及禪宗，更是燦爛無比。如今，就全世界思想文化之水平看來，甚還有高峯突兀之氣概。這實在是中華文化在儒道合流之外的一道飛瀑，眞教人仰望咋舌不已。可是，眼前所見，則令人搖頭太息。

常有人問：「佛是不是神？」相信這已不是一般宗教學家所能解釋得了的問題。臺灣的神廟金碧輝煌，香火鼎盛；而佛寺則清冷寂寥，坐守空山。再看佛敎本身：唸經超度，成了和尙最顯眼的形象；佛教專賺死人的錢，也有人這麼說。此種境況，令人忍不住要問：釋迦只開棺材店嗎？

死亡是釋迦牟尼智慧爆發的導火線，但絕不是釋迦牟尼心靈的歸宿。相反的，釋迦牟尼終生的努力，是在設法解開死亡的奧秘，而給生命一個最圓滿的解答。從目前人類進化的趨勢看來，人要擺脫「生老病死」的糾纏，似乎仍不太可能。因此，祇要人世仍有「生老病死」，佛教便仍將有其存在的價值。

宗教現象的變異，責任不在於那些人，而是整體文化的份內事。在「人心需要宗教」的大前提下，一種好的宗教的沒落，總不是件好事。何況佛教尚有無數現代人也用得上的寶物，亟待大家去挖掘提煉。

中國時報美洲版副刊

逃離生命即是死亡

狡兎有三窟，而人在面臨生命之威脅時，又能有幾個藏身之所呢？智者可以知識爲擋箭牌，逃遁於抽象無形之鄉；一般人則以財富或其他私有物構築一座碉堡或鑿一壕溝，以掩護血肉之軀；最笨的人纔會輕易地爲死亡所攫。人確是天生有寶愛自己生命之本能，可是對於生命活力之衰退與生命層次之下墜，卻少有人能自警自覺。

有生命存在，便有與生命對立之種種，無論在主觀心境或客觀環境，確實暗藏著傷害生命的種種尅星與危機。人類之所以要建立社會，創造文化，便在除去此生命之大敵，使人類生命——無論個體或全體——皆能發育長大，以至於成熟優美。然而，在生命週遭，死亡之陰影卻無時不在，時如夕暉斜照，帶走到了盡頭的自然生命，有時又似滿天烏雲，在雷雨交加中奪去無數活力正旺的生命。可以說：人正活著，也正死著。生死之間，如一場遊戲，一局棋賽，或輸或贏，或生或死，實難逆料。

物質文明使現代人更能尊重生命，正視生活；但在物質養身之餘，生命之立體有逐漸被輾壓的趨勢，無窮高遠之生命境界如同沙漠直煙，海市蜃樓，愈來愈虛幻，愈來愈可望不可及，這就是可怕的死亡徵兆。如今，是生命自己走向死亡，並非死亡來擊毀生命。多少人之死，是他逃離了自家生命，以致生命萎縮而墜落，肉體的敗壞不過是其表象而已；生命內部之腐蝕更是一切邪惡的淵藪。

縱逃得開天地，終究逃不開生死的關口。若要藏身，生命自身卽是最安全的藏身之所，永抱住生命，才能長生不死。拒絕光亮是眞盲；迎向光明，靈魂永不瞎；同樣道理，要想活且活得好，便要迎向生命，便得在打開所有感官之後，再打開所有精神之天窗，將死亡的陰影永遠摔向身後的黑暗。

中國時報美洲版副刊

家庭的動物落單了

家庭是人類最悠久最重要的社會組織，從出生以至老死，幾乎沒有人能離棄家庭的庇護。雖有豪勇之士大膽宣稱：「處處無家處處家」，其實，他仍有一個家，只是形態變異而已，至少，他心底有一夢想的家。

家庭的主要功用在養育孩子，可以說：男女之結合以成爲父母，乃是爲了孩子，爲了下一代之緜衍成長。一個人的性格，家庭決定了大半。世上最可憐的人是那些無家可歸的人，而世上的大壞蛋，多半未經家庭溫暖的孵育。中國人以家庭爲其一生的根據地，是眞正名副其實的「家庭動物」。在傳統的中國社會，被家庭放逐的人通常一生不得幸福，流浪漢總和鷄鳴狗盜之徒分不開。

如今由於婚姻觀念和經濟制度的改變，家庭已受到空前的摧殘。新時代婚姻的定義已不寄託在傳宗接代上，而是在於男女兩性間的歡樂與幸福，因此，孩子已漸成爲累贅。新的工業造成人口的流動，個人主義的擡頭，已足夠使家庭血親之強烈凝聚性減弱以至消釋。家庭的教育也漸由社會之法律、教條、習俗、時尚等所取代。溫馴的家庭的動物於是變成了狂暴而殘忍的野獸，追逐於都市的現代森林裏。現代人類社會的競爭是比往昔任何動物之生存競爭來得更激烈更可怕。

二十世紀文明的腳步，若由億萬之個人紛沓邁出，其混亂可想而知，其出路更難以逆料。而若億萬人類非自願的集結於一極權之下，文明便似帶上手銬腳鐐，動彈不得，必將束手待斃。或許，由人們自發自願組合成的家庭能提供另一種方向，另一條出路。我們是不能再讓家庭的重要性被削弱，如果家庭確能培養較佳的個人，並可抵制任何傷害人類天性的集體主義。

中國時報美洲版副刊

飛上枝頭變鳳凰

性的本能，使人保住動物之身分，幾千年的文明，並未使「性」銷聲匿跡，且有「巨獸返回」的態勢。在披上柔細輕紗後，牠仍如昔日一般張牙舞爪，掀起人心巨浪，洶湧於人性昏黑的彼岸。

人性之駕馭獸性，乃人性偉大之事業。男女兩性間彼此吸引，其勁道早已滙聚成文明原始之創造力。易經所謂「男女構精，萬物化生」，這是自然的天賦，不僅不能阻絕遏抑，更須順其流向，如船過險灘，唯乘水勢以奮力前進而已。因此，面對此一巨獸，我們實無由廻避，若畏懼牠如老祖宗之畏懼洪水猛獸，則是弱者行徑，終會被此深埋肉身之炸彈所毀。

而我們又該如何面對「性」呢？有人說：「所有的求愛是戰鬥，所有的匹配是佔有」，這分明是動物學家的口吻，我們不能完全否認，但也無法完全承認。人性不僅是獸性的直線發展，更是獸性的層層超昇。因此，對兩性間的各種作爲，我們不能純由外在表象去觀察，更須從內在之心態、情思去揣測與導引。單就事實而論，確有許多求愛不是戰鬥，而是在溫暖和煦的氣氛中進行；許多夫婦之匹配，不僅止於互相佔有，更有彼此爲對方犧牲奉獻的偉大情愫。如果能進一步發揚性愛的種種德性，必定會爲人性增加許多溫暖與光明，而許多暗房中的交易，也不至於苟且了事而已。

從獸性到人性，確有一道節節高升的通路，使人能繼續生存的愛情，便是經此通路去找尋更爲豐富的養份。愛情力能振翅高飛，但若牠一直棲息於矮樹灌木間，便將永無變成鳳凰的可能。

中國時報美洲版副刊

一刀兩刃

——形而上與形而下

中國古老的一本經典——易經，以獨斷的口吻批下：「形而上者謂之道，形而下者謂之器」，如此劈開混沌，剖判天地，從此中國人便在形上與形下兩個世界間上上下下，跌跌撞撞，已有數千年之久。

如今，我們要問：眞的有「形而上」的存在嗎？而「形而下」又如何能存在呢？這實在是必須認眞探索的大問題。當然，古人是無能慮及存在論或認識論一類的嚴肅哲學問題的。但在這痛快的揮砍之後，是有太多的事情需要再細心去處理與照料，若僅僅對兩個答案——道與器，投之以近於迷信般的熱情，則可能已傷害到我們本具彈性的思維；而如此單純之二分法，也將無端橫梗在吾人日趨多元的豐富心靈。

獨斷之命題及簡化之答案是腦力之無形殺手，它們也許暫時不會造成災難，而被當作一種福氣——樂得無思無爲，身心清淨。不過，長久之思想停滯（甚至於思想封閉）則不僅有害身心，且有害家國社會。形上形下之思辨，乃關係一切人生事物之大課題。形上形下之分判，是哲學思索之起步；古人踏出這第一步，其膽識令人欽佩。可惜後繼者無心無力，竟未再邁開腳步，迎向宇宙萬相，深入林林總總。多少中土智者就死抱一個「道」字，若沒有佛教東傳及西潮東侵，中國人之形上世界可能更形寥落寂寞；而中國之科學在求道心切之下，也因此被踢落紅塵，奇技淫巧之流，竟有牢獄之災呢！形而上，成爲禮讚；形而下，變作貶詞。楚河爲界，那一位勇者渡得過？

一刀本有兩刃，始作易者，原無罪過；祇是這大刀一落之後，有太多的線索需要穿梭，有太多的思維需要編織，而自命清高自諷放浪的中國人竟把這工作給忘了。

七十三年二月二十一日自立副刊

人文學術與感官文化

最近，余英時先生在一篇討論文化建設的文章中指出：臺灣的大衆文化似乎感性文化的比重不免偏高，而文化的深度則頗嫌不足。余先生認爲這種情況主要是由深入人心的世俗功利思想所造成。今後，如果國人在這一點上不能有深切的反省，則臺灣的文化前途是很值得憂慮的。

余先生以人文學者的身份所作的這項針砭，很值得領導社會文化走向的知識分子深思。三十多年來的經濟發展，使我們的物質生活水平，達到空前的高度；但卻也因此讓我們的心靈在急功近利的思想意識包圍之下，逐漸有痲醉僵化的傾向。種種社會病態乃在不健康的心理操持下層出不窮，淺薄的心靈造成淺薄的社會文化，似乎是很自然的現象。

要扭轉此一可能導致文化衰敗以至斲傷民族生命的頹風，根本之道在提倡人文學術，發揚人文思想。余英時先生說：「中國需要有新的人文傳統，這是使我們從世俗功利觀念中超拔出來的唯一希望。」我們以儒道爲主流的傳統文化，本有豐富之人文精神資源，但近百年來的西潮侵襲，已使此一民族文化寶庫爲之空虛。如何再肇生機，在現代社會的新環境中，重塑高明而儒雅的精神型範，再造磅礴而雄偉的生命氣象，以引導通俗文化走出感官的死胡同，邁向廣闊光明的大道，實在是當前文化建設最緊要吃重的一項工作。

西方人有源遠流長的人文傳統，至今不斷，縱然科技思潮洶湧，這座維護精神文化的堡壘仍屹立不搖。他們的大科學家能夠同時是大哲學家，甚至是大宗教家，而文學藝術之普及，則更令我們望塵莫及。因此，西方社會雖也有種種危機潛伏，但仍那樣井然有序，明朗而有活力。中國人實具有比西方人更強韌的文化創造力，特別是在人文精神的天地中，中國人早就有輝煌的成就。掃除功利主義之陰霾，將科技植根於人文學術之中，對當代中國知識分子而言，應不是一件困難的事情。希望我們的文學、藝術、哲學、宗教，在嚷嚷不休的工商社會中，能沉潛涵養，終於發揚光大。

七十三年六月二十日自立副刊

精神的定義

「精神」一詞，內涵極深，外延極廣，且用途多端，變化無窮。世上每一個人都有它，卻少有人能眞正了解它。就當我們自認已得其中三昧之際，它往往頓時溜得無影無踪，如水之流逝，更似光之飛馳。

孟子所謂人之有別於禽獸的「幾希」，大概就是「精神」的代名詞吧！西方人爲人所下的定義：「人是理性的動物」，理性已涉精神的範疇。可以說，理性是狹義的精神，是西方人之精神之焦點。由理性之開發，而創造出西方知性的文明，是很自然的事情。但在東方，精神籠罩於人文的天空，如空氣之養人身，廣大的精神孕育出東方之性靈。因此，對東方人而言，精神不祇是理性，還包括智性、覺性，甚至於靈性、神性。東方世界是充滿神靈的宇宙，精神之在東方，得到了最自由最廣大的發揚。

古來不知有多少智者，想爲精神找到一個圓滿的定義。他們耗盡人類所能有的最大的思維能力，得到的答案卻顯得支離破碎，倒是製造了一堆新名詞：主觀的精神、客觀的精神；相對的精神，絕對的精神；個別的精神，普遍的精神；……使人如墮五里霧中，仍不知精神爲何物。

也許精神就是莊子所謂的「渾沌」，渾渾沌沌，漫天漫地。我們千萬別自作聰明，想在精神的身上找到什麼。渾沌被鑿了七竅之後便一命嗚呼，精神在慘遭聰明人的蹂躪之後，也可能暫時銷聲匿跡於人世。

面對精神，最好的方法當是達摩祖師發明的「面壁」，以整個心靈去面對它，以整個生命去擁抱它，不要打妄想，不要有野心；而文學藝術是層層上升的階梯，可以直達不可說的宗教世界，那就是精神的故鄉，我們生命的源頭。

七十三年六月二日自立副刊

安全的哲學

我們中國人有一套安身立命的哲學，但卻都普遍缺乏安全的觀念。

不是中國人不怕死，是盲目無知，是輕率疏忽，是敷衍苟且，以至於死神的腳步已近，卻仍然沒有任何的警覺，還自以爲吉人天相，當可化險爲夷。聽天由命，俟時待命，還需要計算危險發生的或然率嗎？刼數難逃，宿因所種，逆來則順受，又何必做什麼安全維護？

六三水災，海山礦變，難道是天意嗎？難道是死難者的共業所招來的嗎？人人心裏有數，不必用精密的科學方法作統計，而祇要自我作反省；在追求種種利益之際，我們曾爲整個人羣的美好存在設想嗎？曾替生存環境的和諧共榮盡力嗎？當我們慶幸進步成功之時，我們曾給予生命足夠的尊重嗎？曾對受苦受難的人表示過眞誠的同情嗎？一連串的災害不過是個警告；如何掙脫封閉的心靈，不爲錯誤的觀念所殘害，才是我們當前最艱鉅的救災防災工作。

古來君子強調戒愼恐懼，如臨深淵，如履薄冰，可惜都只在個人的道德修爲上用功。如果能把此一防範道德出錯的作法，轉爲人人皆備的科學精神，小心翼翼地以全副之心力阻絕危險的蠢動，並着眼於整體，瞻望於未來，則我們的所謂「意外」便將不再是意外，而可及時轉危爲安，逢凶化吉。相信神明不至於干預我們的縝密的籌劃與努力，妄自菲薄以至於放縱自己的人才可能干犯天怒。

要安身立命，首先要有一塊安全穩固的生活園地。我們是不能再破壞這個年輕的島嶼，再集合所有的汚染來糟蹋它美麗的面龐。對於千萬條緊緊相繫的生命，我們要着電交感，開放自己，關切他人。即使深入地下數千公尺，我們彼此互放的光明仍將照澈每一個黑暗的角落。

安全的哲學，實在是我們該立即實踐的哲學。

七十三年七月十一日自立副刊

罪過罪過

也許是中國人自始便不承認自己有罪（原罪），所以中國產生不出西洋人所定義的宗教。我們的「孔教」，立基於本善之人性，而道教一心嚮往神仙，認爲凡人祇要修煉，便可立地成仙，不需什麼外來的救贖，則人何罪之有？

發源於黃河流域的中國文明，很早就進入農業社會，組成嚴密的家庭倫理，因此人文主義發達甚早。頂戴昊天，足履后土，一種頂天立地的感覺，更使中國人看重人自身的尊貴地位。我們的祖宗當然也拜神祭神，如所有原始之民族，但在祭拜的儀式中，卻能立即回顧祭拜神明的自己，而將種種繁複的儀式納入禮的範疇；至於禮，便是人文主義的產物了。後來祭祖愈來愈受重視，人能成神，無疑地，人的地位是扶搖直上了。到了「祭神如神在」的論調出現，一個「如」字，更加貶低了神的眞實性。

由於欠缺足夠的宗教力量，我們的祖宗得付出加倍的純屬人的力量，去應付來自社會的危機，用強化的倫理來鞏固可能渙散的人心；面對源自人性黑暗面的種種邪惡，除了要求人人「克己復禮」如顏回，時時檢點自己如曾子「吾日三省吾身」，更有心齋坐忘的修持功夫，其作用和耶敎徒的告解懺悔祈禱，可說異曲同工。

宗敎也會墮落，西方就有人如此譏笑自己：許多人都以爲禮拜天是一塊可用以擦拭掉一個禮拜來所有罪過的海綿。也有人說：「上帝會原諒你的罪過，但你的神經系統可不會。」神經系統竟比上帝更精明，這不是上帝的墮落，而是人本身的墮落。在中國，人的罪過最後導致禮教敗壞，人性披上了僞裝，黑暗處便寄生道德的蠹賊。滿街是聖人，其實是一屋子的豺狼，在厚厚的門板後面。

如何自承罪過，卽是如何擔負起責任。中國人是需要有適度的罪惡感，以改掉逃避現實的不良習性，並免於耽溺空幻的道德理念。至於由誰來洗脫罪惡？便看各人的本事了。

七十三年七月二十四日自立副刊

理性真如神明？

「思想的人是墮落的動物」

——盧梭

現代人之信賴理性，似乎比原始人信賴他們心中的神明，更加的慷慨大方。高唱理性，成爲解決難題的萬靈丹，肇生自理性的思想，如蜂巢蛛網般囚住血肉之軀。喪失理性，沒有思想，已然變成最苛刻的責備了。

其實，理性眞的有通天本領嗎？眞的能呼風喚雨，駕御一切嗎？祇要看看有理性的人所幹下的諸多罪惡，便可了然此一新時代的迷信實在無稽。想以發達數百年的理性（特別是科學植根的理性），來取代深紮於后土之上已數千數萬年的人心人性，根本是狂妄的企圖，其失敗所導致的傷害，可能不是理性正面的效果所能彌補的。核能發電之於核子彈，正如燭火之於遍地野火，理性的可憐模樣畢露無遺。

意志的力量常使人絕處逢生，脫離險境；情感的力量能將人羣溶成一體，化解任何的深仇大恨；直覺的力量則給人一種深遠睿智，從知識的淺灘游向神秘不可測的大海，而擺脫世俗的糾纏，進入超凡的境界。以上這三種力量都不是理性所能替代，反而都是理性所必須借重的。常看到一些人有了一點知識，具備了一點思想的本事，便挾理性自重，進而輕侮意志，褻瀆情感，湮滅直覺，終於破壞了人心的均衡，阻絕了人性的深度，後果是人羣秩序的紊亂，人類生命的孱弱，人文社會離散與一堆堆膚淺的兩腳直立動物如螞蟻般附着於生活的平面上。

承認每一種事物的限度，乃是一種聰明行徑。若在理解的進程中，能隨時返照理性本身有限的範疇，則不僅有益自身心智的成熟，對全體人類的知識領域，更有貞定立場與疏通網路的效力。

因此，人不能祇是一思想的人，人心有無窮之潛能，人性有無限的內涵，人到底無法定於固着之一點或貼附於某一層面。不過，理性仍是一支長矛，可直剖自然的奧秘，並助人了解自己。絕對的理性主義者雖屬妄想，但伸張理性如伸張正義，我們是不能片刻稍懈的。

七十三年八月十五日自立副刊

造人的教育

教育的重要性，盡人皆知。甚至可說，教育是世上最偉大的事業。文化的延續與發揚，即以教育爲主力。道德的堅持與社會的進步，也同樣借助於教育；一進一退，一張一弛之間，便經由教育管道的暢通而得以均衡。

中國傳統的教育固然有其極珍貴的貢獻，五千年的文化便是無可磨滅的成果；但中國傳統教育的忽視知識，貶損才情，且爲理想而不顧現實，因道德之形式意義而荒蕪了生活的實質內涵，卻是一大缺陷。百年來，西方教育使中國的現代教育有血有肉有生氣，確實是大家有目共睹的。

歐美大哲懷海德認爲教育的目的在造人，造一個有人文素養又有專門知識的人。這樣的人，其實和孔子所倡的才德兼備的君子，十分相近。可惜孔子之後兩千多年，以儒家爲主流的傳統教育並未能達成此一目的，僵化的禮教與頑固的權威，更形成一股強大的阻力，常使教育往後退。

如今教育的中樞在大學教育，一切教育的理想由大學孕育，所有擔負教育任務的人才也幾乎出自大學之門。現在的大學教育，雖具有多樣的功能，但百變不離其宗，其目的仍在造人，仍必須以提升人類生命追求完美之人類社會為最終標的。可是，單憑知識原理，並無能造就生氣蓬勃的人才，更無助於生命內涵之充實；而單純的經驗事實，也不是大學教育的主要基架。要能創造發明，要能壯大生命以構建偉大的社會，必須在知識原理與經驗事實之外，再補以想像。想像能使知識活躍，以綜合事實經驗或智慧，如此才對生命有所啓導激發。懷海德說：「想像能使我們建立一種新世界的理知幻景，且能以滿足目的的提示而保存生命的精華。」試問時下的大學生：雖然你具備新世界的知識，但你眞能想像出一個美麗的新世界嗎？這問題的答案，極可能讓關心教育的人士擔憂。

柴考甫說：「大學教育足以讓人發揮所有的才能，包括無能。」詼諧之餘，隱含極大的諷刺；而其中，有否想像之能力，似乎是能否發揮眞正才能的關鍵所在。

七十三年八月十八日自立副刊

沒有時間

如今，很少人會承認自己很閒，以忙人自居，似乎已成爲一項起碼的自尊。運轉不停的機器，帶動了人們的腳步，誰若一有顚躓，便將招來一番奚落，誰若想偸閒賞路邊的小花，便可能被認爲頽唐不振作。

「沒有時間」的藉口，導致一項可怕的惡果：人與人之間的交往就在「沒有時間」的叫聲中，草率地被敷衍過去。愈來愈少人肯花時間去和別人作眞誠而有意義的來往，大家都忙着關係個人利害得失的事情；有時碰巧面對面，便以最快的速度移轉而過，惟恐浪費了彼此寶貴的時間。這熱鬧的人羣常籠罩一層灰冷暗霧，其中原因不難尋。

德國當代大學者史普蘭格對此深有體悟，他說，「『有時間』對現代人來說是一種奢望，而且每一個人都不願意承認自己有時間：『現代人誰會有時間啊！』然而我發現，現代人往往——當然不是都這樣——不會支配時間。到今天仍有不少的人把時間不可思議的毫無內容的白白浪費掉。」史普蘭格於是在廣播電台高聲疾呼：學習把握時間，是一切德行的先決條件。

重視倫理的中國社會，對人際關係的講究，舉世無匹，可是隨着工商社會的潮流，人情味已逐漸被沖淡，人心眞誠的程度也降低了許多。近來，重建中國社會倫理的呼聲，此起彼落，實在不是有智之士神經質。組織健全的人羣，根基就在於個人之間牢固經久的和好關係；多花一點時間去使兩個陌生人成爲能夠彼此幫助的朋友，功德無可限量。

不僅要把握時間做自己的事，更要把握時間替別人設想，幫助別人。前者可使社會進步康強，後者則能使進步康強的社會立於不敗之地，永不崩潰。善用時間和別人相處，則個人的精神領域將不斷拓廣，生命的無窮向度也將依序展開。

把握每一分每一秒，去認識週遭的每一個人，每一個同樣是人的人，如此，世上將無寂寞與孤獨。其實，和人眞誠的交往，根本不會浪費時間。終日悶在自己小小的生活圈子裏，才是時間的浪費，生命的浪費。

七十三年九月六日自立副刊

自由民主永不死

恐怕沒有人比美國哲學家杜威對民主的眞諦有更確切的體認了。杜威說：「民主是個人生活的私有方式。」又說：「民主的工作永遠是在創造一個更自由和更人文的經驗。」杜威不僅實際結合了民主和自由，更將民主具現爲一種生活，一種高尚而有人文內涵的生活。

什麼樣的土地生長什麼樣的植物，什麼樣的社會造就什麼樣的人物。祇有在美國那樣民主自由的社會，才能產生杜威那樣能以民主自由爲生命光輝的賢哲。看看我們自己的社會，雖然已經有數十年實施民主的經驗，但是民主自由的思想卻仍未能深植於人心，民主自由的理念仍未能化爲個人生活的獨特內容。

民主在我們這裏，經常是粗略的政治性的口號，喧嚷於街頭，如一面隨風翻飛的旗子。而自由常被拿來解剖分析，重新拼湊，像小孩子玩積木，自由的城堡隨建隨拆。有人以中國的民族性爲藉口，對民主自由作種種的檢驗，彷彿民主自由含有國人易受侵害的病菌。有更多的人消極地坐視自由民主隨日影西斜，掠窗而過，卻不想卽時抓住它，以爲事不干己。在中國的土地上，自由民主常兩面受敵，甚至被當作洋玩意兒，和傳統格格不入。可喜的是自由民主是永不死的，像華德狄斯奈的唐老鴨，其生命力之強，令人嘆爲觀止。民主自由是任何社會所排拒不了的；民主加自由，如一把雙刃寶刀，任何對生命的束縛都將迎刃而解。民主和自由，簡直是人命的救星；而民主的修養與自由的風範，則是創造性人格的要素。唯有將這兩種精神力量普遍貫注於人羣之中，一個眞正開放、和諧而有秩序的社會才可能到來，捨此而談生活的品質，乃是癡人說夢。兼具民主自由精神的創造性人格，其實是教育的產物；杜威即是透過教育的途徑，將自由民主逐步轉化成高尚文雅的個人生活。他的成功，對在民主大道中前邁的我們，是一大啓示。我們是不能再忽視自由民主的教育了，我們的教育是再不能欠缺自由民主的膏潤與光澤了。

七十三年九月十三日自立副刊

再現有機哲學的光輝

——歡迎李約瑟博士

李約瑟博士對中國科學文明之研究，舉世無匹。他的皇皇鉅著「中國之科學與文明」，不僅將中國人之科學成就搜羅殆盡，且盡力展現中國數千年來思想之精華，透視中國人高度發展的心靈勝境。他用力之勤，殫思竭慮，已使得他所最鍾愛的中國人汗顏不已。

在普徧喪失自信的中國學人搖頭嘆息之際，李約瑟博士提出「關聯式的思考」，認爲這是中國人特有的思想方式，不僅是一種直覺的聯想系統，而且有它自己的因果關係及自己的邏輯，絕不是迷信甚或原始迷信，直可和歐洲科學特有的思想方式「從屬式的思考」，東西輝映，互放光芒。以科學史大家的身份，發出如此錚然有聲的論調，李約瑟博士是已爲中國的思想界注入一帖無與倫比的強心劑。

李約瑟博士強調中國的科學理論，直到十七世紀中葉仍然和歐洲不相上下，祇是從此以後，歐洲的思想突飛猛進，中國的科學乃被遠遠拋在後頭。他並且指出：中國哲學的有機的宇宙觀曾經深深影響過歐洲的哲學思想，來布尼玆便是主要的一位受惠者。來氏的「預定和諧說」和中國人關聯式的思考，注重內在和諧的意趣，實有極親密的血緣關係。李約瑟博士甚至認爲陰陽五行的理論，也有其相當可觀的科學成分，絕非全然是迷信。

我們是不應再妄自菲薄，特別處在眼前機械式思想氣燄高張的時代，傳統的有機哲學理應再現其光輝，以解救陷溺的人心。對生態的保育，社會人羣的整頓，我們傳統思想中便有許多可再加利用的因素，如內在於本性的秩序觀念，整全人類社會的普徧理想，人與人之間的善意諒解及相互依持團結的體制——優雅的禮樂制度，在在有其不朽的價值。

當然，中國傳統思想絕非十全十美，李約瑟博士便曾指出易經系統的思想有其過度理想化以至僵化的趨勢，一套完整的符號系統漸被束諸高閣，乃造成有害進步的障礙。這是發乎至誠的諍言，更值得我們深思。

讓我們掬誠歡迎李約瑟博士來華，一個終生研究中國學術文化的大學者，蒞臨中國文化最主要的新據點，眞是一件值得大書特書的事情。

七十三年九月二十日自立副刊

交談

有人認爲：在人類相互交往的行爲中，最耗時間的一種方式便是交談。如今，不知有多少人正不斷以無意義的交談來一起斬殺時間，一起逃避內心的苛責。交談的內容與花樣，隨著人們日益頻繁的接觸不斷地創新；可惜的是花樣愈多，內容愈雜，人心的信息並未因此而有更好的溝通。

富蘭克林曾讚賞一些人的談話，從不嚕囌的談細微末節，而總是很貼切的正中要害。這種人確實是交談的好榜樣，能幸運的碰到如此對手，必然獲益良多。一般人在千百句的談話中，又能有幾句貼切中肯？社會上肯花腦筋的人是愈來愈少，而喜歡高談闊論的人卻愈來愈多。我們何其不幸，竟活在一個言語遭到扭曲撕裂以至於蹂躪糟蹋的時代！

言語很可能是一層眼翳般的阻礙，遮蔽住靈魂的光采，雖然言語原本是一道橋樑，能使思想情感在不同的個體間流通無礙。數字符號的重要性日漸取代有情的言語，設想機器人發威的世紀，交談可能成爲極奢侈的事情。如何在言語之交談仍然是人們最主要的交往行爲之際，努力營建言語之長城，以維護吾人脆弱的心靈，實在是一項艱鉅而偉大的事業。

善用閒暇已是難事，善用言語以閒談更是難上加難。嚴肅的話題使人不得不言語莊重，而輕鬆的心情卻經常如蟊賊般蝕傷言語，言語乃形同殘廢，不僅有辱交往的使命，更無端地白耗時間，浪費生命。多少人的精神氣力在閒談之際流失？又有多少人能運用閒談爲自己的心靈充電？詼諧的言語是寶，將自己投入於談話之中以增加他人之樂趣，更是珍貴的仁心善行。難怪受歡迎的人總是言語詼諧，喜歡自我調侃。既然交談是最具普遍性的交往，那麼，儘管它最耗時間，我們還是要用心去對待它，努力去從事，使飽含思想情感的花粉，能經由它而傳揚千里。美好的言語，到底是美好人間的主要特徵。

七十三年十月二十一日自立副刊

永恒的秩序

秩序的觀念，在中國由來已久，易繫辭傳云：「聖人與四時合其序」，遠古以農立國，四季的更迭最先替人們塑造了一種秩序觀念的雛型。寒來暑往，春秋交替，農耕生活的作息，便以四時有規律之運轉爲依歸；能否配合四時的秩序，甚至是決定吉凶禍福的基本條件。也可以說，四時的秩序已然在廣土衆民的中國建立了永恒秩序的不朽觀念。

當代文化哲學大師卡西勒在「人的哲學」一書中說：「生命自身是常遷不居的，但是生命的眞價値必須求之於一個不允許更變的永恒秩序。它不在於我們的感官界，我們只有靠我們的判斷能力始克了解這個秩序。判斷是人的中心能力，也是眞理與道德的共同源泉。」以卡西勒此一眞知灼見，來和「聖人與四時合其序」的古老中國智慧相印證，可以發現：脫胎於四時的秩序觀念，已經爲在變遷世界中尋求不變，在動亂人世裏企盼穩定的中國人，鞏固了生命的地盤，也找到了生活的倚靠，而中國人面對人生與世界的判斷力，就在此一永恒秩序的護衞下，摒棄了感官的迷惑，進而以淸明的心志，理亂解紛，以簡馭繁，終於找到眞理與道德共同的源泉——孔子的仁，老子的道，億萬中國人心中的神明。

時代運轉，社會變遷，現代中國人已漸漸和自然絕緣，因此，植根於自然的永恒秩序便隨着逐步喪失其作用，難以在人羣中發揮其原有之親和力；而科學的新理念，法律的新秩序，以及宗教甦醒的力量，面對龐雜紊亂的工商社會，卻常遭到阻擾侵害。瞬息萬變的科技進步更加深了人心的分歧離析，永恒秩序似乎已成空洞的名詞，在人身週遭，幾全是感官的資料，判斷力乃無施展餘地。

當然，我們不必如此悲觀，祇要想起奧里略的一句話：「宇宙卽變化，生命卽肯定。」我們仍可樂觀地面對人的生命，並殷切地盼望中國人的生命能在時代的泥淖中，重新自我肯定，自我超拔，共同建立起永恒的秩序，於堅固如磐石的人性之上。

七十三年十月二十五日自立副刊

談情

在現代心理學範疇中，與理智、意志鼎足而三的情感，如今已恢復其本來面目，得到應有的尊重與評價。但在中國數千年文化思想的傳承之間，情感卻歷盡滄桑，似一薄命紅顏，時而受寵，時而遭黜。先秦時代，人性仍保其素樸面貌，情感也得以完璧無瑕。孟子云：「乃若其情，則可以爲善。」禮記云：「人情以爲田。」大學云：「無情者不得盡其辭。」在在證明情感有一良好歸宿，尚未遇人不淑。而孔子高舉的仁，更有十足的情感的成分。人和人之間要能同體共感，互信互諒，若無深厚廣大的情感的力量，又怎能把億萬顆藏於不同個體中的心融合爲一？

唐朝李翺著「復性書」，已有尊性黜情的傾向，情感已逐漸成爲罪惡的媒介，可能傷害人性的偶然因子。到了宋明理學高唱「人欲淨盡，天理流行」，情感乃慘遭浩刼。雖然宋明理學家並無意滅絕合乎天理的天性至情，但在試圖轉化情感向上超拔的歷程中，卻因此犧牲了許多並無罪過的愚夫愚婦的感情。情感所悠游自在的世俗，也被一些道學先生所鄙棄，於是無數可能成爲文學珍寶的才情便無端地被葬送。我們已無須再責求理學家的功過了，但我們仍不免要爲中國古人的情感未能得到更好的滋養而欷歔。

清朝以後，一股小小的反動勢力使情感獲得較好的待遇。戴震以「聖人治天下，體民之情，遂民之欲」爲王道政治之準則；袁枚更明言「性，體也；情，用也」，已隱然有「情欲主義」之風。情感在獲得平反之後，中國也逐漸由近代而邁向現代，這風雲的際會，智士才人所以能以雷霆萬鈞之勢橫掃舊禮教，情感的巨浪便是主要的破壞力量。

當然，情感不僅須受尊重，也要能得到適當的調節。如何使情感能和人性的其他因素獲致諧和，並有其正當的管理，實在不易；而這不僅關係個人人格的整全與否，似乎和整個社會的安定與動亂有潛在的牽連。現代社會導致情感潰決氾濫的誘因遍處都是，如何使時時蠢動的情感能持盈保泰，發揮其正確的效力，已不只是個人愼獨潛修的道德問題，全面性的教育及社會、政治、經濟等關節是不能不互相支援互相配合了。

德瓦爾說：「愛是情感的海洋，完全被犧牲所包圍。」當世人的情感如萬川投壑、衆流赴海般的滙合，不棄涓滴，不嫌清濁，則在此岸和彼岸之間，便得有普渡慈航或救世一筏了。

七十三年十一月一日自立副刊

常識不尋常

在各型學說各種主義奔競飛騰的今天，創新名詞成爲一種時髦，建構理論乃知識殿堂中人汲汲以赴的要務。千百年來夫婦之愚所固執的常識，尤其是做人的常識，已進不了學院的大門；倒是偶爾有一些作家或知名之士，風光地被待以上座，在曾廻旋諸多符號、公式與定理的講壇一角，此刻，常識才有機會換上新裝，爭得少許光采。

同樣的奶水滋潤，同樣的泥土孕育，人與人之間的思想交流，卻常因雙方無法達成平衡而宣告失敗；一方位居高處，裹著理論的重裘，另一方屈居下風，披著常識的薄衣。其實，追根究底，如此不平衡的局面常是矯柔造作，毫無眞實意義的排場，因爲理論的根原本就深紮於常識裏頭，而常識也有其生長的力量，能夠上達理論之頂端。

伏爾泰便認爲常識並不尋常，這是眞人眞語，充滿智慧的光芒。確實，常識的光芒常能照澈黑暗的大地，指引迷途的羔羊。孔子的論語，章句之間，不是撒滿耀眼的常識——不變的眞理？摩西的十誡，不就是西方人奉行千年的常識——源自上帝，發乎人心？常識如一塊塊的璞玉，雖尙待雕琢，但其中蘊藏的光輝，豈是一些理論的贗貨所能比擬？

愛德華茲說得好：「所有的常識都是最不尋常的結晶、不變的眞理和經驗的結晶，它提供我們日常生活裏正確的研判與週密的思慮。」我們是不能再輕視常識，甚棄之如敝屣了。說不定，那天我們從理論的空殼裏鑽出，飢渴地到處尋覓，而讓我們飽餐一頓的竟是長於自家心地的常識。一條地瓜，一袋羊奶，可以救活一個修道人的生命；處處露頭的常識，難道還無法使一個心靈空虛的人滿載而歸？

當然，常識和理論要攜手合作，互相尊重。常識若能茁壯成理論，必可爲愛好思想的人所欣然接納；而理論若也能時時回頭看顧常識，那更是千千萬萬人的福份了。

七十三年十一月八日自立副刊

愼用道德的利斧

如果說泛道德主義有錯，那就是錯在把道德當成一把利斧，任意砍在別人的脖子上。道德的判斷，以道德爲標準的判斷，是很可作爲批評的利器。最嚴厲的批評，卽是批評別人有沒有道德。中國讀書人最喜臧否古今人物，而臧否的憑據，往往是一些傳統的道德觀念。由於不嚴格卽顯不出道德的崇高權威，因此務必是非分明，善惡異途，才能在臧否之際，盡情宣洩，淋漓痛快。如今有社會學者斷定中國傳統社會文化是一「恥感文化」，所以人人互有恥感，大概是起自道德的覺醒，以至於一切生活的範疇，全都染上道德的色彩，彷彿中國人的道德細胞特別發達。

道德若能一直從個人淸明的心志得到滋養，便將可長保生機，不至於僵化。可惜的是道德在成爲形式、規矩、制度，甚至風俗之後，它往往逐漸喪失純潔的質地，而感染上不良習性。許多不道德的言行，竟都披著道德的外衣，世事弔詭，莫過於此。在世人不明眞相，不知正義究屬何方之際，道德的利斧便成爲衆目睽睽的寶器，任誰都想佔爲己有，因爲有了它，將無堅不摧，無往不利，在一個尊崇道德權威的社會裏。

枝葉雖凋零，根柢可還沒敗壞。道德這把利斧，卻總是向根柢揮砍，生命乃無端地被葬送，才情更無謂地被犧牲。中國社會的泛道德主義，確實耗去不少人文生氣。如今，我們是仍然需要高遠的道德理想，以廣闊我們的心胸，拓大我們的天地；但對於諸多交纏不清的道德觀念，則必須細心地加以理解，而當對任何人事做道德的判斷時，更得謹愼小心，因我們的生活尚保有一大片與道德少有牽涉的自由園地。

以熱烈才情凌越世俗道德長城的海明威，曾如此奚落道德：「所謂道德，就是你後來覺得很好；所謂不道德，就是你後來覺得不好。」或許他反是在推崇道德呢！因爲道德即是一種好，甚至是天下至好之物。不過，海明威這一段話至少可以給我們一種啓示：道德雖有其絕高之客觀標準，但一落入主觀的心理，任由個人的道德觀念所擺佈，問題將很嚴重。道德出了問題，人命便遭殃了。

我們是不能再死死把住性善性惡兩極不放，道德的價值判斷要有充分的彈性；在人人才情橫溢的當代，道德是需要有更大的本事。也許，溫柔敦厚才是道德的歸宿，通權達變則爲道德自救之道。

七十三年十一月十五日自立副刊

意義之意義

當代是個大舉追求意義，卻也同時不斷地摧殘意義的時代。科學帶來空前的物質成就，但科學知識卻在人類心靈投下巨石，掀起滔天大浪，使原本和平寧靜的精神領域，隨着知識的擴散及各種理論的競爭，成爲知識冒險家的樂園；而人文精神與道德理想乃首當其衝，千萬支科學之箭紛紛而下，古老的信念所把持的生命意義與價值，於是中箭疾走以至於消失無蹤。科學主義一手鍛造的機械論與種種化約主義，成爲意義之殺手；扶持意義甚力的直觀與想像，也祇好暫時棲身於文學藝術之中。

一腳橫跨科學、哲學兩個知識領域的當代思想家——博藍尼，在其名著「意義」一書中，試圖重建意義的世界，設法結合科學與人文學，以其精密的思維深入意義藏身的心靈深處，經由知識整合的路徑，輔以個人意識之功能，終於在完整的個人心靈中重新發現意義的本質，並使想像的光采，藝術的輝煌及宗教的神聖莊嚴，有了磐石般千年不移的基礎。

博藍尼提出的「默會致知」（tacit knowing）是一種融貫吾人心靈能力的認知活動，它力能接合意義，形成洞識。在如此追求意義展現眞理的過程中，需要個人生命的參與，不是部分而是全部的參與，而且任何知識的線索皆不能輕易放過，心的集中一志且入乎其中，一種內歛的功夫十分重要，他說：「惟有被視爲整體心靈的整合，一個人的一般行爲才有意義。」我們是身在意義的大海中，祇要我們不拒斥一波大浪，意義便是取之不盡的精神食糧。

不僅科學的意義亟待整合，藝術、宗教與古代神話等意義泉源，更須重新挖掘疏濬，以供給現代人飢渴心靈之需。博藍尼極端重視爲科學所扭曲的想像能力，認爲想像能整合錯綜混雜的生命流動，使漫無形式的各種生命有了嚴密的結構而綻放光芒，是所謂「充實而有光輝」。想像在藝術活動裏得到最澈底的發揮，而在科學的探索中，想像也是一大助力，可將廣泛散佈的證據整合成一個新的發現。諸多價値理想經由想像的引導，通過繁茂的知識森林，歷經坎坷的人間社會，終可獲得相當程度的實現。在意義處處露頭之際，主觀與客觀不再有間隙，純粹的主觀是幻夢，絕對的客觀也只是個不能加以兌現的神話。

知識的支離破碎，導致眞理喪失分明層次，終至於心爲物役，神爲形勞，處處是空洞的吶喊，祇見意義的光影閃爍，卻不見生命眞身乍現。通識教育的大力推展是迫不及待了，願我們的通識不是一些泛泛之論，而是洞識，是洞見生命意義的眞知灼見。

七十三年十一月二十二日自立副刊

心靈的辯證

馬克斯的唯物辯證，囚住了億萬生靈，更凍結了無數自由奔放的才情，實乃人類精神史上最大之浩刼。中國歷史的辯證：天下合久必分，分久必合。分分合合之間，朝代更迭，盛衰有時，卻是以大量的草芥般的生命去換來的。如此簡化的歷史法則，最好讓它成爲舞臺上的邏輯，而不要再指揮千軍萬馬，施展魔力於人生的戰場。

辯證的原理無處不在。古老的易經已運用得十分純熟，使得天地間一切相對的勢力終能彼此調協，展現一中和的局面，人文也在中和的理想光照之下自然涵化滋長。這是文化進展的辯證過程，已然綜攝個人與社會，人爲與自然，甚至心與物，主體與客體。中國人所以輕視矛盾與衝突的負面力量，大概就是這一道走向中和以迄大同的順當過程，一直在樂觀的人性論指引下，少有崎嶇與坎坷使然吧！

中國人精采的心靈辯證，要等到禪宗出現才大放異采，展現奇葩。方外之士跳離了傳統文化之窠臼，以個人嶄新的姿態面對幽深莫測的心靈世界，奮勇開拓出種種奇異的景觀，令世俗中人躍躍欲試。禪宗的心靈之旅，有其正反合的辯證歷程。從最通俗的「看山是山，看水是水」的比喻，便可約略看出：生命的超越亦即生命的回歸，由正視人生經過反觀反照人生的抽離過程，終至於透視人生，回到生命原本的歸宿，是一段富有挑戰性的冒險，祇有豪勇之士才通得過。

在西方作家中，最能展現如此心靈辯證過程的探險家，赫塞應是首屈一指。他的鄉愁，他的孤獨，他的徬徨，他的飄泊，以至於無盡的流浪，皆在心靈的辯證中次第展開，和禪宗及印度的追索生命意義者，有十分肖似的風貌。「漂泊的靈魂」最後沉睡於上帝如母親一般的聲音中；那徬徨的少年辛克萊終於回到最內在的理想形象裏，而因此找到了自我；「東方之旅」在生命完全的統一中消融了一切生命的流動與變化；而最偉大的流浪者西達塔則以安詳優雅的微笑回應一切，生命中一切有價值的事物，於是完全展放開來，如微笑之展放吾人心靈最深邃的光芒，這便是辯證的終點，也是一嶄新的起點。

心靈的辯證是無窮的生命之旅，不是少數智者的專利，也不是任何思想理論的權威所可差遣役使；它需要我們以眞實的生命完全投入，以挖掘無盡的生命寶藏。當無數人的心靈辯證如萬道光芒穿梭交織時，一切威脅恐嚇渺小個人的魔鬼便無所施其狡計陰謀，因黑暗早已遠遁於辯證的英勇軌跡之外。

七十三年十二月七日自立副刊

中國的個人主義

如果以楊朱「拔一毛以利天下，不爲也」的作風來代表中國的個人主義，相信有許多人不會心服。孔孟成仁取義的聖賢人格，老莊超凡脫俗的詩人身分，以至於肖似先知的方外禪者，不也都是幾近完美的個人嗎？確實，在中國傳統的人生哲學裏，是少有西方個人主義的成分；但這並不妨害歷代中國人之優秀分子努力成全個人的生命過程，古來多少英雄豪傑的行徑，更爲個體之偉大潛能照現了無限的希望。

然而，若放眼於無數之平凡衆生，在千年來少有變動的社會組織籠罩之下，他們究竟是少有福分啜飮個人主義之美酒的。當然，倫理制度並未堵塞住個人的出路，家庭的保護作用也沒有造成太大的流弊，縱然難免有軟化個人的傾向。可是，拿整體中國社會和西方社會作簡單的比較，卻很容易發現：西方社會處處是頭角崢嶸的個人，而廣大中國人口則有太多的一致性，是顯得整齊多了，較平面化多了，就如同黃種人扁平的面部輪廓，彷彿羞於向廣大的天空發展。

或許，這社會現象可在思想觀念裏找到起因。在中國人追求和諧安定的大理想指引下，不僅外在世界要大同，連內在的心靈世界也要大同。於是在大同的強大壓力下，小異便逐步喪失生存之空間。特立獨行的個人變成令人不安的異數，本該五采繽紛的思想市場也因欠缺個人的色彩，而少有生氣。建構獨特理論的高手難得一見，敢於批評與反抗傳統思想的勇者並非沒有，但總是走向山林，失去了嶄露頭角逐鹿中原的機會。

如何使陷溺於人際關係中的道德理想，重新栽植於個人之心靈；如何在一味向上超拔的人生哲學裏，安放尊重個體的自我肯定，似乎是關心中國社會的每一個人所必須深思的。猶太格言云：「愛人類簡單，但愛人就困難。」中國之賢者大多有博愛精神，甚至具備能與天地萬物合一的心胸；但教一個個的中國人去愛一個個的中國人，特別是去愛那些和自己有絕大差異性的個人，確是一大難事。希望在現代化的推動之下，去愛一個人對中國人不再是一種困難。如果每一個中國人都能盡情地表現他的愛——有血性的愛，並且都可自由地表達他的思想——獨到的思想，那麼，這地球上最龐大的種族就不會再被譏爲一大羣螞蟻了。

七十三年十二月十五日自立副刊

同情心與正義感

在道德低落的呼聲中，是難免有過分保守的論調，以古非今，似乎並無所裨益於世道人心；而一些新潮人士汲汲於建構第六倫甚或第七倫，卻又予人放言高論，難以落實之譏。道德問題最棘手，當人心逐漸痲木不仁之際，精神的醫藥便無從發揮其效力。倫理架構的根本變革，儼然成爲全人類之共業，甚至是共同之命運，個人的修養如熒然一燈，在全面之黑暗中搖曳；而少數道德學家的企圖，於刊諸報端之後，竟每每是黃黑色新聞浪潮下的可笑的點綴。如果講道德的都是上了年紀的一代，情勢便十分可慮了。

摒棄教條的傳授與權威的塑造，現代化的道德教育仍然大有可爲，而現代浮動的人心也仍然有救。如何刺激自然流露的道德心，如何在蒙塵的世間保留一片清淨之地，至少在眞情至性之中，不使純然的生機慘遭殺傷；這種百年大業是値得全力以赴的，雖然眼前之成果十分有限。面對龐大的人羣與複雜的個體，妙手回春的一把利刄到底應在何處下手？何處是道德源泉活水之所自？同情心與正義感，似乎是吾人道德生命的藏身處了。

同情心屬軟性，正義感屬硬性，軟硬兼施，剛柔互用，人心便有一完整的組合。有人說：「仁慈比法律更偉大，仁愛比所有的禮節都更尊貴。」在我們這個法律日繁，禮節漸成虛文的社會，若能注入仁慈仁愛的強生素，並以同情之心進行種種之交通，那麼，一切的浮誇虛飾，詐騙欺僞，便將如鬼影般在白日下消失，同情心是使吾心大放光明的交流電。

我們更欠缺的是正義感。西方自亞里斯多德以來，正義便有其至高之尊嚴，人人不得任意褻瀆。西方人以正義決定何者合法何者不合法，何者公道何者不公道。然而，我們的社會，法治的訓練仍然不夠，法律之爲正義之象徵，仍有待時日以鑄造。而所謂的「公道自在人心」，潛伏於人心深處的正義感竟自萎縮退避了。大家都心裏有數，卻無人挺身而出，事後議論紛紛，事前卻噤若寒蟬，中國社會之滑稽，莫此爲甚。

正義出乎自然之敬意，直接指向人類的尊嚴，它不偏袒任何人，特別是能無懼於任何權勢，而一視同仁。正義感應就是所謂的道德的勇氣。自古英雄豪傑之偉大氣象，常以大義凜然爲最佳寫照，如今人人自保於社會網狀的組織中，自私自利之餘，難道就無法揮灑此淋漓之生命元氣嗎？

七十三年十二月二十日自立副刊

簡單不簡單

我們似乎都已習慣在複雜的事物中追討眞理。除複雜和眞理彷彿有不解之緣外，「奥妙」一詞也已成爲眞理的主要徵象。旣複雜又奥妙，知識的寶庫乃藏於深山之中，於是知識分子不但腦神經的網絡要細密，一雙腳也得強而有勁。

知識之追求確是艱難的事業。古人皓首窮經，今日之學者專家也得一輩子在知識大海中載浮載沉，才能有所獵獲。雖說苦盡甘來，但追求知識之苦卻是世上極少數之人才消受得了。以蜘蛛吐絲作網爲求一頓飽食，來形容科學家花費無數心血只爲求發現一肉眼不見的元素，應是恰當之至。

但在人生範疇及心靈園地中，通往眞理的道路並不一定崎嶇難行。人類的文明，尤其是精神文明，發展至今，並未有大幅下降之勢。這種生氣淋漓，光明廣照的人文現象，便可證明眞理絕非高深莫測之物。眞理自在人心，卽使是愚夫愚婦，也常會有靈光閃現的輝耀時刻。因此，在社會科學及人文科學的無垠領域中，眞理甚可處處露頭，而不必冒險深入人心的黝黑底層，或爬上人性高危的峯頂。

因此，簡單而普遍，淺顯而恒常，或許才是眞理之眞面貌。確有許多「假眞理」或「贋眞理」，它們是在一種不正常的求知心態下曲意製造的。「天下本無事，庸人自擾之」，學術界中如此庸人並非沒有。在這個易於興風作浪的人海裏，有時製造「眞理」，就像製造新聞一樣輕而易舉，祇要抓住人們好奇求新，眩惑入迷的通病。然而，簡單淺顯的眞理是最難僞造的，因爲最容易露出手腳，在人人活動筋骨的空間內。

亞斯培論及哲學當今的使命時說：「創造性思考的最偉大使命便在強調簡單、根本的眞理，爲的是讓衆人能在他們天賦的悟性之中找出一絲迴響。」簡單根本的眞理深植於人們天賦的悟性中，乃自家寶藏，不須苦苦他求。最能體貼到人心人性的眞理，當然是最有效的眞理。其通貫時空的普遍性和恒常性，也不必另作形上抽象之艱深議論；而祇要回顧吾人日日遊賞的天地，便可見普遍恒常的眞理如日月升沉，似花草代謝，原是我們生命最貼心的伴侶。

當然，簡單不等於鄙賤，淺顯不就是貧乏。眞理的崇高性及神聖不可侵犯性，絕不因脫卸了華麗外衣而有絲毫的減損。就讓我們保養眞理如保養子女，當作是自家平常事。

七十三年十二月二十七日自立副刊

發財有道理

「仁者以財發身，不仁者以身發財。」——大學第十章

一般說來，中國文化傳統以道德傳統最著。道德爲人生之根本，它的價值意義甚至超越血肉生命之上，所謂「殉道」，或女人爲保全名節而死，皆是可歌可泣的永恒的光榮。在道德最受尊崇的情況下，最能誘人墮落的錢財便受到最大的貶抑了：「德者本也，財者末也」，本末萬萬不能倒置。

利用厚生，雖是一國之大事，但總得擺在正德之後。「君子先愼乎德」，「君子喩於義，小人喩於利」，孟子認爲知書達理的人雖無恒產也能有恒心，而一般人無恒產便無恒心了。由道德與錢財之孰先孰後孰輕孰重，可分別出誰爲君子誰是小人，儼然中國人就這麼兩大類：君子之鞭策小人，小人之拖累君子，中國歷史便在君子小人拉拉扯扯之間緩緩前進。

董仲舒的「正其誼不謀其利，明其道不計其功」，最能顯示中國古代知識的傲岸了。但在滾滾世俗洪流之中，高舉道德輕棄功利的精神的貴族並不多見，芸芸衆生爲求一身溫飽，終日爲衣食奔忙，似乎是命定的事。孟子描述「仁政」，竟花費最多的筆墨在人的物質生活上，這和我們整天大談民生主義，同樣是最眞實的心意，最能體貼生命的作風。錢財雖是末節，卻和升斗小民息息相關。

雖然中國傳統社會未能出現產業革命，但在中國世俗文化裏卻有一股重視現世積極營生的強大力量，中國民族生命能如此堅韌如此綿長，當和這股力量有根本的關聯。基督新敎能導生資本社會，相信儒家倫理也能護育中國人追逐功利的心靈，祇是道德和錢財必須在吾人精神生命中各有其定位，各據其層次。「仁者以財發身，不仁者以身發財」，到底還是要先「以身發財」，然後才能做到「以財發身」，由不仁而仁，由取之於社會再還之於社會，所謂「仁者散財以得民」，我們的大富豪是得深思散財的眞義，而一般人也得想想如何以財發身，如何善用金錢來提升自己的精神人格了。

七十四年一月十九日自立副刊

蘇格拉底的思考

亞斯培論教育，最推崇蘇格拉底式的教育。蘇格拉底的教育工作是一種催生式的教育，它幫助學生產生內在的力量，將其潛在的能力喚醒，而非由外面附加某些能力。如此的教育過程卽是一個人不斷尋回自我的無盡過程。

蘇格拉底能成爲一個最偉大的教育家，在於他本身是一個最偉大的哲學家，他的教育方法也卽是他的思考方法。根據亞斯培的詮釋，蘇格拉底的教育與思考最大的特點是：他的批評毫不留餘地，而自己則始終生活在絕對的原則之中，這個原則可以稱爲眞、善和理智。這是一位思想家必須負起的責任。他不認識神明，談的卻是神明之事，不論世界如何變化，這是他不變的原則，他不會迷失在不斷改變的物質世界中。

在雅典街頭，蘇格拉底以交談爲業。他設下陷阱，引人走入死胡同，讓人先行發現自己的錯誤，然後再引導自知自覺的人走向眞理的光明。如此「置之死地而後生」的活人本事，確實比接生婆在生死交關之際的表現要精采千萬倍。而蘇格拉底能不落入詭辯的窠臼，便在於他有絕對的原則，有對眞、善和理智的根本的信仰。若無此信仰，則終日逞口舌之利，那些鋒利的言語必將隨風而散，怎可能在人類知識文明的發展歷程中寫下輝煌的一章呢？

蘇格拉底不僅有其篤定的思想態度，更有其嚴肅的責任感。處在雅典崇尚神明的古老社會，他雖無如此多神的宗教信仰，但他絕不任意褻瀆神明，他尊重雅典人尊崇神明的心靈，他包容了他的同胞。一個思想家縱然目空一切，也須正視自己所處身的時代。「念天地之悠悠，獨愴然而涕下」，此淚該是爲悲苦的時代所掉落的吧！一個教育家更應有無比深沉的使命感，他不僅要面對一個個正待成長的個體，他應能面對整體的社會，整個的歷史文化。

凡是把自己的思想發抒爲言語文字的人，都該有思想家的胸懷及教育家的使命，要有原則，有信仰，有責任，在理想及眞理的光照之下。而面對滾滾濁流，更要立定腳根，在變化之中把握不變的事物，是所謂「擇善固執」，「守經達變」。寄語那些放懷高論於廟堂之上的濟濟多士，以及在冷夜裏埋頭疾書的所有文化工作者：當一雙雙睿智的大眼向高遠處張望之際，一雙雙溫柔的手也當同時垂下，向苦難的大地。救拔不應祇是宗教家的特權，而該是所有熱衷於思想，且矢志探索人類心靈的人理當自命的本分。

七十四年一月二十四日自立副刊

真實的愛

由於個人種種的有限性，使得每一個個人必需尋求與其他個人作種種的集合；而爲求個人集合成的羣體能夠圓滿和諧，須要每一個個人在自己之內盡力成全其個性，並在自己之外盡力和其他個人互爲補足，互相連結。如此一來，在發展個性之際，個人便須面對種種價值理想，不斷進行價值抉擇之判斷與行動，以使個性與良好價值有所契合，即個性之發展能往美好價值的方向前進，則個人才有獲致眞實存在的可能，而羣體也才能日臻美善的境界。

追求美好價值並加以體現的唯一動力，是發自個人最內裏的愛——最最眞實的人性的源頭活水。透過愛，個人與個人才能作最緊密的結合，美好的價值理想才能體現於人間，如陽光之普照，雨水之徧霑，光明而平等。在每一個個人之內及每一個個人之間，唯有愛能滲透而流布均勻。生命乃愛之結晶，生命的進化由愛推動。

以偉大的愛的行動贏得一九七九年諾貝爾和平奬的德蕾莎修女，一生爲人類的苦難而獻身，她說：「我們的任務是照顧每個個人，而非空泛的羣體。」德蕾莎修女是已把天主無限的愛具現於每一個她所曾親近的個人身上，她設法在每一個最需要愛也最欠缺人間美善的生命中，進行艱鉅的救贖與辛苦的濟度。她指出「空泛的羣體」，是有幾分痛心。當世是有太多的羣體空泛不實，因爲它們正不斷抹殺眞實的個人，使羣體中的個人逐漸喪失其眞實的個性。沒有眞實個人的羣體又怎麼容得下眞實的愛呢？有眞實的個人方有眞實的羣體，有眞實的愛才能成就眞實的個人，而在眞實的個人身上，眞實的愛才能生根茁壯。德蕾莎修女是以眞實的愛的行動向當世所有虛假的羣體抗議，特別是向那些濫用權力腐蝕人性以摧殘個人的政治體制抗議。當然，她的抗議是沉默的，因她的愛是無比的深沉。

愛是一種負擔，一種責任，一種辛苦的工作。愛和苦難結緣，而設法經由崎嶇的道路走向快樂幸福。祇因人不完美，人世不完美，所以愛絕不能只是片面的享樂，也不能是無憂的夢境。佛的慈悲，在娑婆世界才能表現得淋漓盡致，因爲所謂的「娑婆世界」即是一「能忍受許多缺憾的世界」。正忍受缺憾的我們，是該向所有以個人力量表現眞愛消除缺憾的勇士們致敬。我們更須向他們學習，學習眞實的愛，因爲愛是一種功夫，必須自我奮發向上，並不斷地自我磨礪。

七十四年二月十四日自立副刊

變與不變

變與不變，自古以來便是人類思想上的兩難命題。希臘哲學曾有兩極之對立學說出現，一方以深入變化爲能事，另一方則以不變之有爲護身符。數千年，中國人同樣面臨這一宇宙人生的大問題，卻竟神奇地以早熟的智慧，很圓融地消化了變與不變的種種齟齬，如此高明的智慧結晶便是孔老夫子摩挲得「韋編三絕」的易經。

自成一符號系統的易經，用一定數量的卦爻，任其自然演繹，不斷發展，終於涵括了宇宙間萬事萬物的種種關係。體有限而用無窮，如此有機的思想系統，其中意趣已不僅止於形上之抽象層次，而能上天下地，揮灑於任何具象的世界。人世便爲此光影閃爍，形相森羅之天地所包圍，人世的種種價值理想與實現，也在此變化自在的天地間次第開發。可以說，易經已爲變化的世界找到一永恒的礎石——一切變化的核心——卽是不動自轉，自轉不動的「道」。而我們企求不變的深沉希望，也在穩若磐石的倫理架構中有了著落，道德的根柢於是深植於天地之大道中。

變化斡旋出紛異現象，是眩人的誘惑，亦是可怕的陷阱。不變是變化的軸心，它最內在最隱秘也最善於超離感官。智者擁抱不變而視變化如幻夢，而愚者以變化爲顆顆閃亮的珍珠，不變則沉落於千噚黑暗之下。如今，人心仍在變與不變之間跳動不已。而由於變與不變之間存在著種種不協調的力量，因此人心的跳動便不十分自在；再加現實的變化常出人意外，理想的不變性又過於高懸，人心的紛歧支離是愈來愈嚴重了。如何運用易經的智慧來解救一顆受創的心，是比使用電腦來處理龐大資料，要艱鉅多了。

自然科學對自然宇宙的變與不變已有相當程度的把握，一般之社會科學，對社會的現象已有所釐清，也有了處置的方法。如今，是惟獨人文學術在眞、善、美的理想光照下顯得孤零蒼涼。人心的變數難道是那樣地難以駕馭？理想的價値又是那樣地難以體現嗎？天地無言，智者無言，而變與不變仍在進行永無止息的拉鋸戰。

七十四年二月二十八日自立副刊

職業卽事業

對一般人而言，有一份職業，是項起碼的要求；而能有一種事業，則往往是難以達成的苛求了。職業通常只是爲了養家活口，顯不出雄心大志；而事業則帶有較理想的色彩，較富有個人的生命意義。雖然職業和事業有相當的差距，但此一差距最好能儘量拉近，愈近則人生之意義越能肯定，人生之幸福也越可能實現。

我們老祖宗對「事業」最早的定義在易經的繫辭傳裏：形而上的道在下轉爲形而下的器之後，經過化裁、推行的變通過程，「舉而措之天下之民謂之事業」。如此看來，事業的內涵非常廣泛，依它的最高標準，大概只有偉大聖王的偉大作爲才有資格被認定爲「事業」。但若從生活的基層看起，凡是不離天下的器物，且與民生攸關的任何一種努力，只要它有正面的利益，便都可算是一種事業。事業是道和器的結合，是精神和物質的調適，其間要能不斷地推行，要有持續的活動，卽吾人精誠一貫的努力與運作，才能凝聚主觀的力量，在客觀的環境中展現一番具體的成果。雖然古人並未在此突顯出創造發明的精神；但無疑的，若沒有創造和發明，沒有崇高的理想和向未知挑戰的勇氣，是絕不可能在廣大人羣中，昂然建立起不朽的事業的。

現代社會由於多元的發展，職業之種類日趨繁多，不僅已無貴賤之分，傳統之勞心與勞力之別，其界限也愈來愈模糊；而精神與物質在生活中也成正比例的成長：擁有愈豐富的物質，精神生活之追求也愈容易。安貧已不一定能樂道，如果樂道必須積極入世的話，而爲富也不一定不仁，如果錢財能發揮正當效用的話。因此，一個美好的社會，理應使每一個該有一份職業的人，都能有一份終身以赴的職業，且能以職業爲事業，使個人之理想在謀生的現實環境中逐步具現，而將自我實現的兩大目標：眼前之安身與長遠的立命，一舉以職業和事業的結合同時解決。如此，物質生活和精神生活之間便不會有越不過的鴻溝，自我人格也不至於爲理想和現實的差距所撕裂。

如果每一個人在社會人羣中所從事的一貫性的努力，其種種之作爲，都能如著名的人文心理學家羅洛·梅所說：「每個創造性的行爲，都具有永恒的標誌。」如此人間天堂該有實現的可能吧！

七十四年三月七日自立副刊

種種反芻

臺灣社會似乎已面臨轉型期了。小小的海島在種種壓力之下，彷彿蓄積了龐大的自我掙扎的力量，正呼之欲出。政治體制在保守穩健的步調下，尚需進取開創的作風，以迎接新的一代。經濟結構於百般沖擊之餘，須主動地自我調整；企業家的社會責任要大大加強，所有因錢結合的逐利之徒要能互信互賴。我們這個由政治經濟掛帥的社會，首先要反省的是這兩種領導的力量能不能互相配合——良好的搭檔，而不是彼此勾結。

孕育文化新生力量的教育制度仍在升學考試的關卡中進退不得，亟需更自由開放的精神注入生機，更崇高遠大的文化理想在前引領。領導時代走向的學術界一直欠缺嚴格的自我評鑑，甚至於喪失面對眞理的勇氣（以譯代著，不過是小小魔術而已）。如何建立眞正的學術權威及良好的研究環境，必須全體知識工作者全面奮起，向昨日之我挑戰，並以眞本事向朝野爭取安身立命之需。

點燃人性光輝的文壇在理想與現實之間，雖已有所斬獲，但在作品之深廣度及精神氣魄上則仍有開拓餘地，作家的胸襟器識與生活閱歷仍須加強。一股剛健平和之氣，一種追求眞善美的勁道，尚待培養。傳統文人的主觀偏狹習氣及虛矯浮誇之病，更不容在當代文人身上再現。

至於一般之社會問題，最令人氣餒的是重蹈覆轍，一再出現相似案例；或無知或有意，或可悲或可恨，其實都是陳腐人心的映射。眼不見爲淨的掃除工作是無法完全消解其中癥結的。如何在社會人羣的有機體中把握其有機性，以教育的手法引發個人自我之覺醒，並透過民主方式，將社會正義體現於每個小團體中，才是促進羣體生活的根本之道。人心之冷、社會之黑，犯罪不過是極小比例的顯露而已。

在這個症候層出不窮的關頭，我們不能不自問：中國傳統文化在這個島上能否發揮其更大的效力——對時代人心的規約與勸誘？人性的光明能否照徹邪佞窩藏的黑暗角落？理性的價值是否值得我們細細咀嚼，在一些人喪失理性的場合？關注弱小生命的愛心在冷冷的街巷間能否驅退寒風，讓衣衫襤褸的路人在高大的壁爐前取暖？這種種問題是必須大家共同來思考，以提出徹底解決的對策，在白日的補救行動告一段落之後。

七十四年三月二十一日自立副刊

黑格爾的話

在人類思想史上，以個人力量完成最龐大理論的人，要算是黑格爾了。黑格爾的野心不在現實世界，而在精神世界。他試圖在無窮的精神領域中，建立起天羅地網般的思想系統，而他竟然得到相當程度的成功。單就正反合的辯證來說，就不知套住了多少第一流的頭腦。

可是，黑格爾未免對理論太有信心了，他說：「理論的工作所完成的事要多過實際的工作，假如在思想的世界能掀起革命，實際的世界就抵擋不住了。」這應是他的眞心話，畢生浸淫於百迴千轉的理論中，難免要對千差萬殊的實際世界有所鄙棄。若以量而言，實際的工作是要比理論的工作大很多；但是就質而言，理論的工作則領先實際的工作，理論的光輝是人類歷史文明最強烈的光源。順著此一對比深究下去，思想革命的威力可就銳不可當，它所造成的破壞常具連根拔起的致命性，而它也總在各種革命行動之前指示人們前邁的方向。

黑格爾的思想確具有革命性，但並未因此對實際的世界有太大的影響，倒是盜用他辯證法的馬克斯，竟然在實際的世界掀起史無前例的赤色革命，而馬克斯的思想卻有諸多拼湊，將理想和現實雜揉成奇突怪物，其革命性並沒有嚴格的學術意義，其誤謬已在清明的心智中沉澱而被過濾淘汰。若黑格爾是虎，那麼馬克斯是畫虎不成的犬了。

從事思想研究，並努力建構理論，乃是高等文明的卓越表現；但若因此以凌空的優越感，唯我獨尊，妄想空前絕後，進而忽略每一個個體的存在意義，每一種差異性的獨特價值。如此恣肆的結果，則已非人類之福，而是人類之禍了。

七十四年三月二十八日自立副刊

化解仇恨之道

若從心理層面看來，愛和恨儼然是雙胞胎，只是面目太不相似了。愛和恨皆必須有對象，有時則擁有同一對象，只是發作的時間先後不同罷了。最令人不解的是：人們往往滋生莫名的恨意在所愛的人身上，愛恨交加的結果，毀己毀人，世上最大的悲劇便種因於此，連希臘的諸神也逃不掉這可怕的命運。

大談愛情，好比生理學家大談營養，論及仇恨，則是病理學家的專利了。在智慧的顯微鏡底下，仇恨的細胞是難以遁形的。風吹水面，微風起輕漾，狂風掀大浪。輕漾是愛，大浪是恨。如今，我們這個社會在愛的底基上，竟有大浪湧動，是仇恨的魔力使喚所致。化解仇恨之道甚多，最主要的有兩條路徑：

一、以法律執行社會正義：仇恨的天敵即是正義，在正義的鎮懾之下，仇恨必然銷聲匿跡。而發揚正義最直捷的辦法，捨法律無他途。所以有人膽敢在白天肆虐，使一些人不得不在黑夜暗暗吞忍微微的恨意，便是由於法律的保護傘破了，或者竟然被那些社會公敵拿去遮了。

二、以慈愛包容人性缺憾：人性有缺憾，因此人心有恨。能徹底根治這心病的，只有廣大深厚的慈愛了。最偉大的愛在於去愛那些不可愛的，去包容那些難以包容的。對於一些不幸欠缺愛而因此產生恨的人，我們是不該以牙還牙了。

佛迪克說：「懷恨的人就像焚屋驅鼠般的自絕生路。」我們這個近兩千萬人的大家庭有了到處流竄的鼠輩，但我們可不能因此放火焚屋，溫和的手法才能讓大家共存共榮。

七十四年四月四日自立副刊

生命之科學與哲學

二十世紀科學之發展，生命科學是表現最突出的一環。在可見的未來，對人類生命之重大科學研究與發現，勢必影響重大，說不定對人類歷史也將起一莫可逆料的轉變，譬如兩性生殖方式的改弦易轍，就必然使兩性之關係及其牽連所及的諸多社會條件，發生空前未有的變化。

科學如飛矢般勁直向前，能否中的已非平手彎弓的科學家所能完全決定。當然，科學所帶來的一切後果，絕不能由埋首實驗室的科學家一肩擔起，因爲科學研究的活動是一人文的社會活動，是必須擺在整個現代文明的大方向下來加以斟定的。所以科學所造成的一切，須聯合所有參與人類偉大知識工程的每一分子，一起來加以檢討，而其實際的護持或修葺的工作，更須非知識分子共同來幫忙。就從生命科學勇往直前的態度看來，便亟需一種新的生命哲學相互配合。「生命哲學」一詞沒有嚴格的定義，舉凡對生命整體的觀照及生命根本意義的探索，皆屬生命哲學。廣義的來說，所有自反自覺的人文活動皆是生命哲學的眞實體證，尤其是文學的活動幾乎都以生命爲題，都有極深切的生命體驗。一種偉大的文學創作卽是一種偉大的生命哲學，哥德便是典型的例子，他是以偉大生命來創作的，他的文學成績已經是人類生命自我突破以不斷超昇的珍貴證據。

令人惋惜的是深具科學思考的現代人常欠缺哲學思維，有的更矢口否認哲學的價值。如今就有許多人認為吾人面對自己之生命，僅可能進行分析性的研究工作，而全面性整體性的觀點是不可能建立的。其實，這是科學主義的流弊。若總觀千萬年來人類智性活動的成就，面對無限深廣的生命意義與價值，不僅已有了龐大的收穫，往後更有無窮的探索挖掘的可能。因此，我們實不該妄自菲薄，而應滿懷信心地面對自己。那些時時以生命為題與自我為伍的文學工作者，是可聯合對生命具有高度反省能力的哲學工作者，一起來檢視生命科學所造成的新局面；而若能因此預示一個新方向，使吾人生命之完整性不因科學之分析而喪失，使生命的永久價值不因價值中立的科學工作而消褪，那可是功德無量了。

七十四年四月十八日自立副刊

城市之害

自古城鄉之分野不明，特別是在傳統的農業社會，人人散處田園之間，若有幾處繁華，便是難得一見的人間景象。如今，工商業的基本要件——資本與勞力的密集，似一塊塊蛋糕，吸引人們如螞蟻般從四處爬行而來。於是，都市一個個形成，一個個膨脹，而一個個人便被罩在大量的物質文明底下。

傳統之生活方式使中國人並不能很快適應源自西方的都市文明。表面上，愛熱鬧的中國人不排斥人和人之間距離的縮短；但種種傳統之陋習，卻造成種種城市之害。除了所謂「公害」之外，受創最深的要數中國人平和寧靜的心靈了。本就傾向人間現實的文化，在金錢與財富的誘導之下，很快的進入資本社會所舖灑的黃金夢中。好處是經濟的快速起飛，壞處便是心靈的逐步陷溺，終爲名利所包圍，一個鄙俗的大衆文化就成形了。

現代化的城市造成了大批出籠的羣衆。羣衆的低級趣味是高雅心靈的劊子手，在各種喧囂的聲音及繁複的色彩中，中國人原本單純質樸的心靈又失落了。當然，物質文明的威力，並無法很快地攻入傳統心性修養營建而成的城堡，可是，大多數裸裎部分身軀並打開部分情慾孔道的羣衆，在沒有禮教及個人智慧修持的防備下，卻紛紛中彈，主要是中了銀彈。於是人人匍匐而行，也不見心的投影了。

心靈本身難描繪，但若能透過文學藝術的援手，我們是可多少解剖一顆顆受創的心的。因此，歌頌光明與善良的文學藝術，我們當無理由反對；而揭發人心之黑暗與險惡且能把守藝術分寸的作品，我們則由衷地要多喝采幾聲。處在這烏煙瘴氣的城市中，我們是需要許多面清淨的鏡子，不僅用以反照天光雲影，更可用以照見自身的醜陋。如此妙用無窮的鏡子，尚待有智之士廣爲製造，文藝工作者最是責無旁貸，無所逃避。

若慘遭城市蹂躪的千萬顆心能在文藝作品（包括電影）中徹底敞露，然後再經由所有之文化成員總體動員，則治癒的機會必很大。就現狀看來，城市之種種黑暗面，其中看得見摸得著的部分，是已經逐步呈露，引起大家的關切；但那看不見摸不見的黝黑心靈，卻仍暗藏於千尋之下，亟待好學深思且具有極高靈敏度的才人努力去挖掘。這工作需要在自覺的寂寞孤獨之中進行，可惜在城市之中，自覺寂寞孤獨的人實在太少了，這未始不是城市之害惡性循環的結果。

七十四年四月二十九日自立副刊

學術的信仰

知識之成爲權力，由來已久。

文明由知識肇端，則知識之轉化爲人人信仰服膺的權威，乃是十分可喜的現象。

在君主政治絕對權力的揮使下，知識雖常遭到相當程度的扭曲，知識分子也受到相當程度的迫害；但君主之利用知識與知識分子，仍爲知識之萌芽生長提供一片生機。清初文字獄使得擁有好頭腦的人岌岌不保，但籠絡文人的懷柔政策，竟也產生四庫全書的皇皇巨著。

知識之無能以他力滅絕，史實昭然。而知識力量的種種轉化，幾乎能深入文化的任何層次，並廣被於不毛之地。

現代之成爲現代，乃因知識當道，眞知識得到最大的重視與發揚。知識分子活躍的社會，必然是一進步的社會。

自由民主也可以知識受尊重的程度加以衡量，不民主不自由的社會，總以知識分子之被隔絕於自由民主的空氣之外，爲最內裏的病痛。

現代社會要再往前邁進，而不至於後退，其最主要的推進力，便在於知識之能不斷推陳出新，知識分子之能日新又新，以學術之研究爲至高無上之職責，以知識之傳播爲當仁不讓的重任。

眞知識凝聚爲眞正之權威，學術乃能廣受一般人敬仰。對學術的信仰，並非一種頂禮膜拜，而須經過明確的理性指引，徹然於知識的製造過程及知識本身之限度。

因此，信仰學術的成就絕非迷信。知識之迷信，是一種非理性的錯覺，於追逐某一智者所棄的假知識的狂熱行動中。

亞斯培說：「僅欽佩學術的成就，並不表示懂了學術的意義。眞正的學術，是一種智者的知識，而且知道知識的界限。假如把信仰學術的焦點放在學術的結果，而不去了解達到結果的方法，那麼在這種錯覺之中，迷信就形成眞正信仰的贋品。」

放眼我們這個蛻變中的社會，對知識的迷信仍到處可見。因此我們辛苦培育出的專家學者，理當以負責的態度來傳播知識，教育民衆，以建立正確的學術的信仰，以推動全民知識之升級，造成理性開明的美好氣象。

七十四年五月四日自立副刊

命　定

命定論在哲學上是常遭鄙棄的，人性彷彿本就深埋爭勝的因子。太初以來，大自然的風雨雷電一直是人類訓練自我生存能力最主要的挑戰對象。在文明的草昧期，人與大自然的爭勝過程已出現一幕幕精采好戲。種種器物的造作，制度的建立，以及對自然奧秘永無止盡的探索，逼使大自然不再面目猙獰。長久以來，雖人類尚未悉數登於衽席之上，卻也尋得發皇生命的溫床了。

如今科技的巨靈彌天蓋地而來，大自然的威力已動不了進步國家的命根。大自然深藏的奧秘被掀開了大部分，自然景觀幾全可供吾人欣賞，而不再是恐怖的製造者，現代人的幸福便在此安全的環境中大量滋生。然而，正如老子所說：「禍兮福之所倚，福兮禍之所伏。」禍福總是相伴而行，而現代人在大量的幸福之中已於自身產生病徵。離開了大自然，人的心靈竟然因不必再警覺惕厲而逐步萎縮，人的生命更由於失去了馳騁機會而漸形消瘦。前人大無畏的精神氣魄渙散了，爭勝的場所總不離咫尺之地。看看街頭熱鬧的人羣中，究竟有幾頭昂首闊步獨來獨往的獅與虎？

於是我們發現：人的生命應有一起碼的命定——離不開大自然，大自然是我們根之鄉。大自然永不絕滅的生機，彷彿時刻從我們腳底往上直冒，以至於頭頂，而通貫全身。我們和大自然共存共榮，已不僅止於形而下的交纏，更有形而上的關係，而此一形而上的關係在廣闊的心靈世界中，不斷地浮現，文學藝術便在捕捉此無窮的天地幻化，以供想像奔馳。因此，今日我們談公害問題，不應僅止於生理層次，只在意肉體的災殃，而應放眼性靈園地，瞭然於吾人生命和大自然之間的永恒的牽繫，並應不斷汲取大自然暢旺的生機，以長保我們生命的青春。如何讓小生命在大自然的靜默中得到終其一生不忘的啓示，如何使我們的生活依然有晝夜晨昏的節奏與春花秋月的逸趣，實在是人文教育的大課題。

若君子自強不息的哲理，仍可在壯麗的天地中具體再現，則我們便不至於因機械的運轉而動輒疲憊，也不至於因自己製造的骯髒而隨地嘔吐了。

七十四年五月十七日自立副刊

剎那與永恒

若說剎那是極短的時間，永恒是極長的時間，那麼，剎那與永恒都祇是時間的一種現象而已。但就我們心靈所能體貼到的意義而言，剎那和永恒似乎已然超越時間的藩籬，而進入非時間性的領域。時間是一種延續的狀態，在一定之範圍內可予以截斷宰割，以應吾人之方便。但極小之剎那彷彿是一道光，輕逸於太虛之外，任憑誰也抓不住；而無限之永恒則已無始無終，已非起承轉合之一般文字思維所能掌握。

剎那之於流轉的心念，正如脈搏之於循環的血液，具有推送之功與接續之效。有了剎那這一基本的單位（縱然是一種假設也無妨），我們便知生命之微妙不僅止於某一時某一刻，乃是生命全體當下之展現已然無限之燦爛，無限之豐盈，而不必藉助於時間之迤邐延展。人類文明之光輝莫不在剎那間綻放，因最聰明的人最善於抓住剎那，而使生命在剎那間奔放如花。時間卻總是帶來黯淡的死亡。

永恒乃人類最大之企望，勇於與死亡爲敵的人們更醉心於永恒之風貌。現實之種種可能性與不可能性彷彿時時在扼殺永恒，但如長虹般橫跨於人類心靈的永恒，卻是無論如何抹滅不了的。時間究竟有窮無窮，乃科學與哲學之一大疑團，至今解不開；而人心追求永恒之深邃欲望，自古已然。雖處今日求新求速求變的時代，此一永恒之大夢仍籠罩在無數智者的腦蓋上。透過文學、藝術、道德和宗教，最高尙最純眞最聖潔的心靈無不設法擁抱永恒，與永恒共生。時間的消逝與死亡的幻滅，最是刻骨銘心，予人最大之悲痛，只因永恒才是人性最終之歸趣。如果，能在短暫的現象渲染上幾許永恒的采色，第二、三流的藝術家便於願已足。更何況子夜的鐘聲，當它踏寂靜而來，怎能不令一探索永恒的孤獨心魂聳然而動呢？

有人高喊「刹那卽永恒」，有人大作文章：「截取刹那流，躍落永恒海」，都說得輕快極了。究其實，要使刹那和永恒結親，可是一番大丈夫事業，非有過人之智慧、膽識和豪情不可。刹那到永恒，可是一道無限遙長的崎嶇路，其間要有極大的割捨、極大的忍耐、極大的犧牲。當然，平凡的人度平凡的人生，若能以刹那爲種子，灑落於連續的時間道上，而有所堅持有所執着，或許永恒的世界便不至於拋棄我們，此世的光與熱，也便不至於在冷風飄搖的黑夜裏有所消退。

七十四年五月二十二日自立副刊

閃電與螢火蟲

語言文字的發明，是人類歷史破天荒的大事。傳說當年倉頡造字，使得「天雨粟，鬼夜哭」，眞個是驚天動地，偉大的人文氣象就此展開，人類從此不再瑟縮於天地之間。語言文字彷彿具有不可思議的魔力，其作用常超乎尋常之工具性，難怪先民曾有「語言崇拜」的迷信。而孔子汲汲於「正名」，以爲「名不正則言不順，言不順則事不成」，這是對語言文字懷有至高的敬意，並欲將此敬意轉爲對倫理規範的尊重。嚴正的稱號，已不僅是一種形象的摹寫，一種聲音的傳送，而且是一種生命的訊息，一種道德精神的呼應。孔子崇高的人文素養，由其正名主義可略窺一二。

當然，語言文字仍有其運用上的限度。單就源自理智的種種思想而言，其超出語言文字的範疇依然無限廣大。只是有人會如此辯稱：無法以語言文字傳達的思想便非思想。不過，一般人仍自信其思想的根柢深植於無可言傳的性靈天地，思想的深度幾同於生命的深度。至於人人交相推送的情感流動，更有語言文字莫可奈何的內在性及隱秘性；若一味以口語宣洩個人情意，甚至會遭致膚淺之譏。難怪言外之意最費猜測，無聲之境最能引人入勝。這自然不構成對語言文字的毀謗，但至少已投下不信任票了。

如今數字符號的泛濫成災，儼然已侵犯到傳統語言文字的地盤；電腦的推波助瀾，種種程式的錯綜複雜，更使得現代人逐漸不習慣一字一句的堆疊及抑揚頓挫的迤邐。往後我們是必須費心保護優美的語文了，特別是一些以優美語文鑄成的優美篇幅，更需我們小心珍藏。語文的未來發展，似乎和人類的命運也有密切的關係，因語文的生命直接種植在人的生命中，語文生命力的強弱，可直接反映人類生命內在的虛實。健康的人有諧調的氣息，光明的時代處處洋溢生動活潑的語言。的確，偉大的文字必然寫在一面堅厚無比的心版上。

我們是無須再懷疑語言文字的效力了。一方面，我們不能再打語文的啞謎，另一方面，我們要重振語文的雄風，掃蕩科技的魔咒。如何維持語文的優美格調，並提高其傳達思想的準確性與供輸情意的忠誠性，確是超乎學術藩籬的大事，需要學院內外的有心人士共同努力。語言的哲學分析與文學的苦心建設，兩者的攜手是對語文最直接的護持了。馬克吐溫的話值得我們深思：「對的話和差不多對的話之間的差別，就如閃電與螢火蟲的差別。」就讓明燦燦的閃電劃過我們的精神高空吧！

七十四年六月三日自立副刊

深淺之辨

「深入淺出」一詞由於廣泛地使用，已成爲尋常之口頭禪。其實，就知識本身及知識之傳達而言，「深入淺出」幾乎可當作是一種標竿，一種吾人企求的理想。知識的追求無止境，不斷深入才能不斷去僞存眞，所謂「爲學日益」，其實是一種深入的過程，深入客觀世界，也同時深入主觀世界。因此，一種眞實的知識必然是一種深入且可能再深入的知識。若中途出現停滯的現象，以至於遮斷眞理的光源，如某些獨斷論或懷疑論者，以不同的態度造成相同的畫地爲牢的偏狹與浮淺，已然是反知識的狂徒了。

深入並無礙於淺出，而淺出更不能是一種假象。傳達的技巧無法獨立於所要傳達的知識之外，因此，學術的作僞總會露出馬腳，膚淺之輩絕難以文字的煙幕掩藏自己的無知。深入是去蕪存菁，而不是任意添加不相關的東西。在行家的眼裏，知識無所謂深淺，唯有眞假是非的判斷。一般人所以計較深淺的問題，或好深惡淺，或好淺惡深，其實是因尚未進入眞理的殿堂，而仍在染有知識色調的大門外徘徊，才會以深淺的感覺代替清澈的理智。可嘆的是一些有能力推銷文字語言的人，常在文字語言上動手腳，或以晦澀的字眼騙取深奧，或以明白的格調賺得一致的認同，其實都違背了深入淺出的大原則。

不能深入，已然喪失追求知識的赤誠，因此妄想以「淺入」姑息自己矇蔽他人，不僅沒有意義，甚至是不道德的事。我們面臨的大問題是：如何在深入之後淺出，使知識的追求和知識的普及能一氣呵成？當然，不同的學問有不同的深入的途徑，因此淺出的方式各有不同。科學知識的淺出對一般的門外漢依然是看不懂的天書，而大文豪深入個人心靈之後的傑作，則人人可共賞。其間之差異，是不容許以同一種心態去面對的。做爲一個知識的消費者，我們首先要求的是面對眞理的眞誠，若生產和消費都能在眞誠的管道中進行，則深淺就不必多所辨別，我們就可把更多的心力放在是非眞僞的討論上了。

學者重深入，作家求淺出，這或許就是理性和感性的差異使然吧！「難能哲匠亦詩翁」，在元氣淋漓的生命境界中，中和的理想仍是有可能實現的。

七十四年六月十一日自立副刊

夫妻之道

男女之成爲夫妻，雖有其社會進化之背景，但若單究夫妻之道而言，則似乎是天經地義，非全屬人爲之造作。從人之生存意義加以考察，如何成爲夫妻以生育教養下一代，乃是十分莊嚴的大事。喜好哲學思考的人士，更可以形上之眼光，大大發揮兩性結合的哲學意義，甚可以宇宙乾坤之陰陽和合相比附，則夫妻之道是可「德配天地」了。

在已然擺脫大家庭之管制之現代男女中，已少有人能在水乳交融之際冷靜深思婚姻的神聖價值。個人主義廣泛地滲透我們的種種言行動作之後，這樁人生大事便不再和整體文化之運作有太多的牽連。夫妻之間充滿的是個體對個體的情感，講究的是兩顆心如何緊密交結，而下一代的出現，或在計劃之中，或是一種驚喜，甚或屬多餘之物，其考量的範疇總不出世俗的圈圈，所謂幸福與否，美滿與否，仍然以個人之生活爲衡準。婚姻是逐漸成爲人生的中繼站，若以驛站喻之，婚姻之主要目的卽在汲取兩性生命內藏之清泉以共飲，而此一驛站之耐久性及有效性卻已逐漸遭到質疑，因有許多沒有婚姻關係的男女，在某一時空與場合，竟也能深嘗生命之甘旨美味，甚比一般之夫妻有更強烈的共融交感。

先人的苦心很感人，他們深體自然之道，締造了嚴密的倫理網絡，網住了本能鮮活的男女，教這些生理已臻成熟的個體乖乖進入婚姻的孔道，在大家族的種種言教身教之下，學習做一個健全而完整的人。因此夫妻的定義，主要在成全男女兩性，使世間了無缺憾，在夫婦大倫的守護並驅策之下，世間才成其爲世間。處於如此廣闊的人性的基礎上，婚姻對象的選擇並不十分苛刻，起碼當事人的主觀意願並不十分重要。但置身個體生命紛紛然擺脫外在束縛而覺醒而奮起的現代社會，傳統的婚姻彷彿一再脫皮，留下的是赤裸裸的性，儘管現代的包裝技術日益講究，但一股闖蕩於制度之外的企圖心仍然是紙包不住火，一紙結婚證書竟在當事人也感到意外的短時間之內化成灰。可愛的生命因此變得可怕或可憐，生命之不可思議在此盡露奇怪現象，生命之弔詭便在於彼此撞擊傷害，而以性爲主軸。

當然，性仍是美好之物，問題是在我們該如何去對待它。傳統對待性的方式溫和而迂緩，今日處置性的手段則日趨暴躁不安。無疑地，夫妻之道依然是人與人之間最頻繁的交通管道，男女之結合也仍是人羣最強固的凝聚力量，則兩性間的瑣瑣碎碎，絕不能僅止於尋常之談論。如何從傳統獲取上達天人之際的形上意義，來和時下諸多形而下的事物相銜接，並以心理爲橋樑，開拓出一條通向身心合一靈肉合一的精神天地，正是關係人類生命之能否再度進化以至於美化的艱鉅事業。衆口紛紜的外遇問題當不再治絲益棼，而有一較理性化明朗化的解決途徑，於夫妻之道馴服了性這頭猛獸之後。

七十四年六月十三日自立副刊

抽象與具象

亞里斯多德建立了西方知識文明的基礎架構，他的利器是抽象的概念。亞氏進一步歸納諸多概念爲十個範疇（CATEGORY），透過這十個範疇，我們便幾乎可網住世間一切的事物——抽象地了解一切之對象，而成就各種的知識。若追本溯源，亞氏此一偉大的發明——以人類理性作如此普遍而抽象的思維，應是西方科學的根柢所在。西方人似乎頗能滿足於抽象的認知活動，而把對客觀世界全面完整的把握，及對人類心靈現象直接且深入的捕捉，歸於宗教和神秘主義的冥想，於是他們也將一般的語言文字限制在抽象的思維網絡中。拼音文字自始卽擺脫形象，進入抽象的境域。

中國文化基本上也是一理性發達的文化，梁漱溟先生便認爲中國文化所以早熟，乃是因中國人理性早熟的緣故。但中國人的理性並不走西方抽象的路徑，而始終纏繞住具體的事物。中國文字始於自然形象的摹寫，同樣地，中國人的理性運作最初卽從自然界取材。易經的演繹由象而數而理而文辭，數理及文辭皆不離象，皆須在象的指引下發展。儒家注重人倫的名分與禮樂的教化，關心的是活生生的人的世界。名分是具體而非抽象的，禮樂更是人心的眞實活動。孔子最高的理想——仁，也非最高級的抽象概念，而是人心最具體最眞實最完美的展現。中國人喜在特殊事物中尋找普遍眞理，再高遠的理想也終須迴向現實人間，具象的思維可說是中國人汲汲於人文創化的主要動力。仁是廣居，義是正路，連最普遍的眞理都可加以具體的譬喻，這大概是西方人很難想像的吧！

當然，抽象並非得排除具象的內容不可，具象也可接納種種的抽象作用，東西方思想是大有會通的可能。不過，抽象和具象在思想上所造成的微妙差異，仍不可不辨，否則東西文明互相激盪的結果，受害的可能是陶然於生動具象的一方，因爲抽象作用的殺傷威力不小。中國人的心靈本是一渾然的有機體，常導致心物二分的抽象思維對它並非全然有利；而中國人的思維自始便有太多的牽連和纏結，須耐心地加以分解淸理，快刀斬亂蔴並非良策。

七十四年六月二十四日自立副刊

通才的野心

中國傳統學問旁通統貫，其中理路交會，網絡交織，這似乎是中國文化的一大特色。古來讀書人以文質彬彬的君子爲極普遍之人格理想；博通羣經，以及諸子百家，則爲亟欲達成的知識目標。文哲不分，經史合參，更是尋常的求知之道。窮古今之變，通天人之際，並非天才的專利。因此，專才被認爲是一曲之士，通才乃是眞正成功之人。在傳統知識領域中，全面性、整體性、周徧性、絕對性及統一性，均爲任何眞理必具之特質。若喩中國傳統學問爲一大海，則吾人惟有跳落其中，泳游其中，才能避免偏頗之病與遮蔽之障。若想於岸邊杓取點滴，以解飢渴，則是殘缺的夢想了。

現代知識是西方文明的果實。自亞里斯多德以來，西方學者以分析爲能事，綜合乃在分析之後，且必在某一知識範疇內進行。就艱苦的求知過程看來，血肉之軀並無法在廣大天地間，任自由心靈作無邊之遨遊；如莊子所設想之眞人，其眞知打消了任何知識間之藩籬，對西方人而言，則是非知識或超知識的神秘主義者了。

承認個人生命的有限性，並嚴守知識之領域，以一門深入，致於精微，這才能使知識的大樹穩穩紮根，開千萬種花朵。中國人對生命太樂觀了，總是要個體生命作無限的擴展。此種心態若在現代的學術研究上轉爲通才的野心，則是不切實際的妄想了。講智慧可以大而化之，論學問則非處處計較不可。我們不僅要在品德上謙虛，更應在學問上謙虛，隨時反省自己的無知，並檢查可能犯下的錯誤。

其實，任何人都只能打開一扇窗或兩扇窗，以迎向理性的春風。在眞理的國度中，若自稱「明哲」之士皆欲稱王，那知識市場的公道原則就要被打破了。我們需要的是謙虛可愛的專士，我們不喜歡傲然物外的通才。智慧不能私有，知識更難以壟斷。專家因專而自感不足，故其知識的上進心甚強，其願與他人分工合作的襟懷必較大；而一些具通才野心（並非眞正通才）之徒，則因自以爲壟斷了知識之全部，故自滿自足不長進，甚或走錯了學問的路徑，反而顯得小器。

看看我們的學術市場，充斥了過多的概論與大全，也出現非市場所需的個人獨白，或聊表博通經綸的企圖，或談個人累積知識（並無方法次第）的經驗，這似乎難免浪費紙張，而輕侮我們的眼睛和腦細胞了。如今又有一批學者專家喜歡作秀，談一些超乎個人所學的問題，竟也大言不慚。就學術良心而言，一個眞正的學者也不敢多談本行的問題，除非在嚴謹的學術研討會上。

我們的社會是已製造了過多以通才自居的知識分子，我們的專家學者是應少一些作秀，多作一些專題研究了。

爲作秀而作專題研究，卻也大可不必。曾見有人被安然套上「哲學家」的榮銜，所談卻非眞正哲學問題，這大概是通才的野心闖的禍吧！我們亟需眞知識滋潤身心，而不是拿假知識來敷面整容。眞希望受敬重的學者專家能守住象牙塔，也好讓我們的社會能有象牙塔的純潔與清靜。假知識的汚染，我們受夠了。

七十四年六月二十八日自立副刊

人格教育的廣角鏡

自我人格的成全是道德教育的核心問題。世上每一個人皆是一獨立之個體，亦皆有其特殊之個性。因此，保全個人之獨立性，並發展個性之特殊稟賦，進而不斷實現自我的種種理想，充實自我人格的深廣內涵，乃是吾人一生須始終全力以赴的艱難事業。人之所以偉大，卽在於以一渺小之身軀，勇敢地投入生命之熔爐，拚力錘煉個人之人格，而放射出永恒的精神光輝。如何面對自我，如何處置個人，如何完成自我之人格，這一系列問題的解決，勢必須動員所有的人文學術提供行動的大方針。

如今，個人已處在一個極端複雜的關係的網絡中。由人與自然環境的關係衍生「環境倫理」，由人與科技的關係衍生「科技倫理」，由人與職業的關係衍生「職業倫理」，而人與社會的關係所衍生的「社會倫理」，其複雜的程度更非從前的「家庭倫理」所可比擬。複雜的關係造成複雜的情境，引發複雜的心理反應，因此，個人想在如此錯綜的網絡中昂然獨立，一方面不喪失自我獨具之優異性，一方面不破壞個人賴以生存的種種外在條件，這已不只是適應的問題，而必須個人發揮主動的創造力量，亦即自主自覺的道德的力量。

有自覺，能自主，個人行動才有道德意義，才能不斷指向自我人格的成全。而所謂「自覺」應是自覺個人眞實之處境，洞察自我豐富之心靈，以堅持個人爲價值主體之尊嚴，並尊重每一個個人實現自我的權利。因自覺而自主，由自由而自律，其間須經自我之反省與批判。人文學術是前人對人生反省與批判的成果，其共同的主題是人。因此，在深入自我的向內的路途中，人文學術是永恒的光亮。而在投入各種倫理網絡的向外的歷程中，人文學術則是吾人生命的規範，能促發吾人參與的熱情，培成人人共享生命的仁愛的襟懷。

科技給我們更多的自由，但面對自我，我們卻常喪失自律的能力。各種知識的追求並未增強我們的自覺，面對自我之外的所有社會體系，我們竟常感盲目而難以自主。因此，成全自我人格的道德教育須全面轉化爲人文學術的種種課題，所有有關人的研究，所有對人生作深度反省與批判的學術，皆爲道德教育之內涵。零星的道德規範的傳授，以及片面的道德意識的灌輸，已無助於現代人自我人格的確立。經人文學術的薰習，道德教育才能培養出自覺自主的個人：有智慧，又有正義感；敢批判，並勇於自我反省；行動積極，且不吝於參與與奉獻；致力於自我之實現，進而實現社會正義，發揚一切生命的美善的價值。

七十四年七月二十四日自立副刊

家的定義

常以歡欣的心情面對人生的中國人最喜歡家了。有血緣關係的人自然成一家，沒有血緣關係的人也設法透過世俗的儀式，渲染出比血緣更莊嚴的氣氛，以組成世上最堅固的團體。婚姻是通向一個家最最重要的管道，因此，一個能不斷成長茁壯且繁衍擴大的家，即是中國人婚姻的眞正目的所在。若婚姻僅止於兩個人的結合——一個不再繁殖的家，則其有效性便將受到嚴重的質疑。

若說中國人有所謂的「意底牢結」（IDEOLOGY），最根本的大概是對家的執著了。彷彿是中國人的本能，緊緊守住一個家，亦卽守住生活的地盤。離開家便是流浪，愛戀家是道德一貫的要求。中國人的快樂，幾乎大部分來自家的美滿和諧，而中國人大多的痛苦也是家所釀造的。中國人的世界末日，該是全數之家庭慘遭毀滅之日。

然而，家的定義不應是狹義的。人與人的結合，不能只是家的結合。家的向心力使中國人血脈不斷，但其排他性也使中國人的大團結難以很迅速的達成。家使中國人十分入世，連宗教也不得漠視家的存在；而如果說中國人有時欠缺瀟洒豪放的作風，便是家的門檻橫梗在前，使他們放不開腳步。因此，宣揚廣義的家——人類的大家庭，對溺於兒女私情的一些中國人應有棒喝的作用。中國人到地球的各個角落去組織一個家，但卻少有中國人如同西洋傳教士般，獨自一人老死異鄉。飲慣了家的溫馨，似乎較難耐得住家門外的風寒。

因此，我們不因爲大多數人須有家的保護，而否定少數人有出家的自由。說少數人出家，只是爲了逃避做爲人的複雜問題，並非公允之論。出家人其實仍身在人類的大家庭中，仍有極端複雜艱難的人生課題必須面對。就生命本身而論，誰能勇敢地面對生命而拋棄所有非生命且有害生命的東西，誰便是生命的代言人。因此，若出家人能勇敢地面對生命（包括死亡），則他當然是十分入世的勇者，而在家的保護下，有些人卻變成生命的弱者。

愛戀家可能是莫大的束縛。中國人是該時常站在家門外，探頭遠望無數個人彼此連結迤邐的路徑。若要中國人的生命能向上翻轉，並對世俗能有清明的覺悟與整全的提振，第一個必須通過的關卡便是家了。

七十四年八月十四日自立副刊

對自然的大愛

進步的觀念使現代人常在興奮的精神狀態，將個人生命作高度的揮發，同時把自然界可利用的資源不斷且迅速地轉化爲推送文明向前的能量。時代的巨輪是具體的象徵，數十億生靈乃疲於奔命，爲了趕上物質流動的速度。如今，現代文明的種種病態已足以淸醒我們迷信科學萬能的心智，我們是該放慢腳步，將對抗自然的勇氣稍稍收斂，一起來檢討進步的觀念是否有助於我們人生意義上的追求，而眞正的進步又該是什麼樣的光景呢？

杞人憂天是個笑柄，但現代人擔心地球的現況則是十分嚴肅的課題。有形的必然有限，縱然我們不知道地球可供利用的資源究有多少，但這樣的假定是必需的：維持自然界的和諧，保持自然界的秩序，是保住我們生命的先決條件。瓦特的蒸氣機使物質文明直線前衝，殖民主義的搜括掠奪更造成西方人童騃式的樂觀，以爲地球表面的一切是「取之不盡，用之不竭」的。馬爾薩斯的悲觀論調雖未在西方社會獲得普遍的認同，但眼前非洲的饑荒是該令有良知的現代人惶愧不已。如果物質文明高度的發展祇造成地球上一部分人過分的生活享受，過度的資源的浪費，則我們便該對所謂的「時代進步」的意義加以嚴重的質疑。一個大肆揮霍種種物質的人並沒有資格對瘦骨如柴的非洲人大獻殷勤的愛意。

「能趨疲：新世界觀」(Entrofy: A New World View) 一書的作者雷夫金 (Jeremy Rifkin) 大聲呼籲：「我們終極的『道德無上命令』乃是盡可能地減少浪費能量，如此，我們正表示出我們對生命之愛，以及我們眞正出於愛心地獻身於一切生命的持續開展。因此，當我們以宇宙性的意義談到愛時，我們所意指的乃是天人合一的深秘心境。」所謂「天人合一」，是人與自然之間永久而親蜜的和諧。雷夫金運用「能趨疲」定律，對現代文明作全面而徹底的檢討，他認爲現代人盲目追求進步繁榮，無限度地開發資源，運用地球所儲存的能量，結果將是對自然的污染，終於對自然的徹底的破壞，這是無可挽救的結局。他說：「污染祇是『能趨疲』的另外一種名稱而已。」雷夫金基本的認定是：產生一種可用的能量，必然要同時花費相當的能量，而這些被耗掉的能量難以回復，便造成廢物不斷的堆積，終將導致自然界秩序的混亂，直接威脅到我們的生命，因爲和諧的自然界是我們賴以生存的基礎。

對物質文明作全面而深入的檢討是項大工程，可能需集合全體人類的精英作長時間的研究。不過，一種簡單的認識是人人可予以意識化的：欣賞「存有之美」，培養對自然的大愛，並確保我們作爲「世界的管理者」的尊貴身份。如此，我們人生的精神境界才能在不爲物質堵塞的大道上開展，如雷夫金所說：「加速物質的流動，絕不能確保精神的更大發展。」也許，轉個方向比猛踩油門對作了「過河卒子」的我們更有好處。

七十四年八月三十日自立副刊

學歷學力

應是先有學問後有學歷，若以學歷作爲學問的一種表徵的話。顧名思義，學歷是求學的經歷，而求學的經歷應是人生最眞實的經歷。人生的許多經驗雖然不假，卻因未有理性的整合，未能層次井然地提供吾人此一生命有機體之營養，乃逐步渙散淪亡，如此經驗雖多，然價值並不高。求學的經歷亦卽求眞理的奮鬪歷程，其間甚至有與理想追逐，和希望一起跳躍的珍貴的際遇。因此，學歷絲毫不能作假，如果眞理不能作假的話。

可嘆時下一般人已逐漸放棄主動親近眞知識的機會。許多人隨著人潮進出巍巍黌宮，似乎汲汲於求知的路途，究其實，不過因社會水漲船高，一張舊文憑已無多大助益。令人惋惜的是他們總是在學問的圍牆外徘徊，縱然已身在課堂之中。寒來暑往，他們終於因苦勞而有了收穫，但於人人心中並無五穀豐收的喜悅，只是手中的一張文憑帶來一陣目眩而已。

唯我們對知識的眞誠能使知識活在我們生命的裏裏外外。龐大的教育制度，使我們的求學歷程十分平順。如今一個年輕人只要不太笨，再加起碼的應付考試的技巧，要想晉身高等學府，並非難事。因此，我們便被慣性定律所限，在個人重心所在之處，坐等別人拿知識來餵食我們，而這些知識卻都是死的，如我們吃的魚肉都是死的一般。我們已漸喪失求知的熱忱，在這知識也可經由宣傳廣告而予大批販售的時代。在一顆顆心競放的光亮之間，眞知識才可能成形。

古人四處遊學，萬里求師，這樣的精神令人景仰。他們雖無文憑，卻有眞實的學歷；他們雖不太講究求知的方法，卻培養出我們所不及的學問的功夫。制度的密網網住了天才的雄心大志，也網住了庸才緩慢前進的腳步。一個個踏腳石都成了障礙，只因人有惰性，一個關卡正好是固步自封的極佳的藉口。

若主管教育學術的袞袞諸公，能使我們的教育界及學術界不再是不透風的密網，不再機關重重，設法讓知識死而復甦，活在自由的蓬勃生氣中，則千萬學子便可逐步擺脫慣性定律，主動地與知識爲伍。求知如釀酒，數十年一以貫之的發酵，才能有醉人的芬芳。就讓有頭腦的人去自由地進行釀酒的競賽，苦心釀知識的醇酒。規則不能太多，更不必擔心他們作弊。知識是光源，光照之下誰能遁形？怕的是社會充滿資訊的殘渣，任衆人的口水沾濡，那人心腐化的情形就可憂慮了。

等人人競相較量學力，而不再以「學歷」相號召時，我們才能免於愚昧，也才不爲表象所惑，不再受困於知識供輸不穩定所引起的精神貧血。

七十四年九月六日自立副刊

例外

物理世界奉不變之法則爲金科玉律，這是科學家的自信。人文世界則以不變的秩序爲最高理想，道德藝術及宗敎的歸趣卽在此。當然，物理及人文之間有其不可斷離之關聯。深究物理，其實是一堅實的人文活動；而汲汲於創化人文，亦是秉著種種自然的啓示，在天地間以人之靈性巧妙運用物理，終鑄輝煌的文明。

不變的法則並無法排除難以掌握的偶然現象，於是，偶然和必然的關係成爲科學家的心結。倡相對論的愛因斯坦不否定上帝的絕對存在，表示自然世界的奧秘乃在不變法則的必然性之外，而諸多偶然分明在嘲諷人類認識力的膚淺薄弱。因此，一個斡旋天地的主宰須挺身而出，爲解決理性造成的難題，使必然性有最終的根基，使偶然性有安穩的歸宿，則驚濤駭浪終能平靜，人們就不因眩目的奇異景象而感空幻不安了。信仰讓人們在明白理智的可憐限度之後，不至於有尷尬的感覺，也不會自覺渺小。理智是需要小心照料的，信仰是個全心侍候的保姆。

宗敎安撫了西方的科學心態。物理世界若有人所不能逆料的例外，便是造物者特意準備的盛宴，攞在魔鬼的面前，這對靈肉組合的身軀，是誘惑，更是挑戰。西方文明驚心動魄之處，每每在以自然爲敵也同時以自我爲敵的壯烈場面中淋漓而出。反觀東方，東方的中國，似乎早早發現自然和人文的親密血緣，一開始便在種種關係中討生活。中國人不僅不突顯自然事物無數個體的特殊性，也不十分在意一個個獨立的人的個體。自然是一大關係的組合，人的社會，是人的關係的組合，倫理的意義卽在此。因此，在中國人的觀念中是無所謂「例外」的。例外是對立而不和諧的產物，而在中國人無限廣大的心靈包孕下，自然與人文自始卽沉浸在水乳交融的狀態，彼此含攝，互爲主客。如此，中國人的科學心態乃不強烈，而尊崇絕對主宰的宗教在中國乃有被弱化的趨勢。

中國的種種，對西方而言，往往是種種的例外。如今西方的科學民主已然進入中國，卻一直未能生根，且有被扭曲轉型的跡象，其根本原因，可能就深埋在中國人的宇宙觀（自然哲學）及倫理社會觀。心物不對立，何來探索鑽研的求知欲？個性不突顯，何來尊重個體（個人）權利及限定個人名位的自由與正義？看來，不承認例外，抹殺種種的特殊性，以至於以必然性粉碎偶然性，是頗不利於生存在人人頭角崢嶸的當代的。

七十四年九月十四日自立副刊

精神的先鋒

大科學家愛因斯坦擁有一副極端精緻敏銳的頭腦，他所開發的知識領域可謂前無古人，但他卻說：「想像力比知識還重要。」也許就是由於想像力超卓不凡，愛因斯坦才能在物理學界獨創劃時代的相對論；也許就是由於想像力十分活躍，愛因斯坦才能在科學之外，廣涉哲學、宗教等人文學術，並關心人類卑弱的心靈及坎坷的命運。

本來想像力是文人的法寶，吟風弄月無非想像力的發揮。想像力是一支彩筆，人們所謂的美的世界幾乎全經想像力的塗抹。若欠缺想像的潤飾，自然現象必難以成爲吾人欣賞謳歌的對象。動物的世界可能比人的世界富有更多的精細物質的波動，具有更多的繁複的材料；但我們仍可大膽的肯定：動物的世界比起人的世界，是少了完整和諧之美，少了「相看兩不厭，唯有敬亭山」的藝術成分。祇要具有起碼的想像力，山水的線條便可迤邐成巧妙動人的圖畫，花草的色與香將不僅能滿足視覺與嗅覺，更可令人心旌搖蕩，陶醉不已，彷彿魂魄已在想像力引導下，暫時脫離肉體的囚禁，而消遙於廣闊無垠的天地。想像力的確是開拓精神領域的先鋒。

喬伯特說：「想像是靈魂的雙眼。」想像照亮了我們的週遭，並帶領那些想像的天才「上窮碧落下黃泉」，時作神仙偶扮鬼。如今科學主義遍處滲透，講實效，重功利，日日計較資訊的精準無誤，人腦乃以電腦爲師。如此一來，想像力首先遭殃，因崇尙事實的人們必難以接納想像的烏何有之鄉。其實，這並非科學之害，而是得少便足之徒，小看了科學，甚至誤解了科學。科學理論並不妨害想像的自由，想像的自由更常資助大科學家馳騁浩瀚的知識領域。許多大科學家都有運用想像力以追求人生美善的本事：愛因斯坦是小提琴好手，蒲朗克、海森堡是鋼琴好手，一九五四年諾貝爾物理獎得主馬克斯•波恩愛讀德國和英國詩，他的鋼琴造詣足可參加交響樂團的演出，他說：「我以爲科學家不應和人文思想切斷關係，愛因斯坦也認爲如此。」

尊重想像，心靈才能永保躍動；尊重富有想像力的人，社會才能不斷有生機。生命能有哲學，想像是工程師；生命能有宗敎，想像是建築師。我們這個社會仍有不少人頗好於斲傷自己的想像也斷送別人的想像，這可能是此地令人時感沉悶枯燥且呆滯不前的原因之一。

七十四年十月三日自立副刊

希望的藝術

中國是一個善於忍耐的民族。中國人強韌的生命力，使中國人善於忍耐，同時，善於忍耐的本事也使中國人的生命力經久不衰。五千年的歷史文化，卽是五千年的堅持，五千年的忍耐。儒家思想的許多成分，必需我們以長時間的努力一以貫之，才能將理想滲入現實，而有結果。孔子的擇善固執，卽是一種明智的忍耐的功夫。忍耐甚至已成爲口頭禪，掛在人人嘴上，它也被寫在廳堂上，如神明般受到膜拜。若一個「忍」字具有神力，那是人們發揮精神力量達於極致的緣故。

法國有句俗語：「懶惰經常被誤解成忍耐。」而中國人的忍耐卻經常被誤解成懶惰，因爲中國人素來是以靜態的定力來鍛練忍耐的功夫。以靜制動，以不變應萬變，都是此一精神定力的應用。在廣大平原上的農耕生活，配合恒常有序的自然現象，中國人的生活步調乃不急於與時間競賽。企求安定的心理，再加平鋪於現實之上的理想，使中國人的性格多了易於凝定的成分。早已鞏固的倫理架構，更使中國人不好個人生活的遷變，乃欠缺主動進取的精神。可以說，中國人的心靈開發得很早，其中可供探險的原始蠻荒之地已剩不多。許多人的一生，始終在熟悉的環境，熟悉的人際關係中，因此，忍耐一切熟悉的事物，也可算是一種心理上的自我調適吧！

中國人忍耐天生的缺憾，也忍耐人爲的罪惡，當然，忍耐並非沒有限度。易經「革」卦賦予革命極深刻的意義，便證明中國人雖能忍受種種不合理的痛苦，卻也同時具有強烈的抗議精神，及向惡勢力挑戰的勇氣。處於自由開放的現代社會，中國人的忍耐方式需再作相當程度的調整，需在靜態凝定的心理習慣中，加入活潑的因子，加入主動出擊的躍動力量，在變化中求更好的變化，在進步中邁開更大的步伐。凡倫諾斯說：「忍耐是希望的藝術。」我們忍耐，因我們永遠有希望；由於希望就在眼前，我們甚願忍受某一程度的痛苦，並堅持當初抉擇的目標。忍耐帶來希望，忍耐實現理想。忍耐不僅是一種技術，忍耐是在崎嶇的大地上，翹首凝望精神無垠的藍天。

七十四年九月二十一日自立副刊

所謂「知識分子」

「知識分子」這一稱呼是快被用濫了。「知識」究何所指？而知識又如何與活生生的人結合呢？前者是嚴謹的學術性問題，後者則涉及一般性的心理、人格、道德等問題。很少人會在使用這四個字之前，先省思這些問題；同樣的，也很少人會在被人用這四個字指稱到的時候，問問自己是否擔當得起，是否具備起碼的要件。

構成知識的要素，主要有三種：一、合乎理性，二、系統化，不能自相矛盾，三、有相當的實用性，其實用性則不限於一時一地。具備這三要素，知識才能成立才能推衍。牽連個人主觀因素的知識雖不違背理性，且具實效，然欠缺系統化的內容，嚴格地說：這樣的知識尚不夠格。另外，一些源自個人幻想或信仰的知識，雖有看似堂皇的系統，也有一時一地近乎神奇的魔力，但基本上，它們是理性的叛逆，極可能斲傷理性，因此它們是非知識或假知識（知識的贋品）。

明白人知識的起碼的定義，我們便可順當地說：知識分子是擁有知識的人，他可能是知識的製造者，也可能是知識的傳播者，更可能兩種身份兼具。知識的製造者是先知先覺，知識的傳播者是後知後覺，而世上不知不覺者應是極少數。許多學者專家邊製造知識邊傳播知識，他們被稱爲「知識分子」似乎順理成章，而也祇有他們才是眞正的知識分子。可是一個極端弔詭的問題出現了：知識的保姆也可以是知識的蟊賊，祇因他們製造傳播知識的態度有了問題，他們看似擁有知識，知識卻遠離他們，理由是他們不愛知識，也不以知識爲樂爲榮。明白地說：知識和人本身無法結合，知識只是招牌，只是一襲可以隨時脫下的外衣。

一般人認爲使人有所成就的主要力量來自知識，販夫走卒所以能夠功成名就，因爲他們有了知識，或是有了利用知識分子的知識。就當代的知識規模看來，想發揮知識的力量並非易事，除非一門深入或博通羣籍，否則一旦投入廣大無邊的知識生態系統，我們都只不過是一棵兀自生長的樹，或一隻四處覓食的鳥。正如羅斯福總統所說：「一個人若不曾讀過書，他只能小有本領，但若有了大學水準的知識，則本領非凡。」可嘆我們的許多大學生或大學畢業生，並未有大學水準的知識。大學是知識寶庫，可惜肯去挖掘的人並不多。

一方面，我們必須維持知識的尊嚴及其嚴謹性，不容褻瀆或貶降。另一方面，我們須努力使知識與人格能作有機的整合，讓知識在我們的愛中滋長，讓我們在知識的光輝裏純化淨化高尚化。希臘人定義哲學爲「愛智」，中國聖賢的人生理想是「樂道」，這「愛」字和「樂」字頗値得我們深思。

七十四年十月二十六日自立副刊

穩定不穩定

科學家已經確定：所有物質都是不穩定的。星星所以閃閃發亮，太陰所以有光有熱，都是不穩定的物質造成的。而如果物質不含動變的因子，地球上也就不會有生命。當然，光憑物質，是不可能形成生命的；但若只是聚合一堆死氣沉沉的物質，又如何能引發飛躍的生命力量？

中國人素來以陰陽互動的原理來詮釋宇宙與人生，陽動陰靜，一動一靜彼此相協，宇宙乃發展不已，生命乃進化不已。中國人慣於扶陽抑陰，重視積極剛健的一面。也就是說：對於物質不穩定的成分與現象，中國人最感興趣，而生命最能顯現物質的不穩定，最能突破物質的阻隔與障礙，因此，中國人的哲學幾乎全是生命的哲學。柏格森認爲物質是宇宙生命下降墜落所形成的，中國人不喜面對靜定成形的物質，總喜歡在大塊山水之間澆灑淋漓的生氣，同樣是執著生命的高明作風。

馬克斯·波恩說：「穩定和生命是不能相合的，生命一定是一種冒險，結局好或不好，誰也無法預料。」人類對物質世界的探險，已經造成足以徹底改變自身生命的局面。核子的分裂與融合，將物質的不穩定轉化爲無比強大的力量，使人類生命更加岌岌不保。如何在自然與人爲的不穩定形勢中，保住吾人生命起碼的穩定及延續，可是一大艱鉅課題。往後，人類生命將被迫的去從事種種冒險，不僅要繼續深入宇宙，更得不斷向精神世界推進。我們的精神世界同樣不穩定，精神元素的分裂與融合，更是直接關係到人類的命運。當我們能控制人類的心靈，不使其衍生過多的變態，我們才能控制那些可能滅絕我們生命的物質元素。

暫不放眼高論，回顧這近兩千萬的中國人所組合的大生命，正處在穩定與不穩定相互拉鋸的兩難困境。穩定則保眼前的現實，不穩定則奔向未來的理想。此刻，我們亟需智慧的指引，固著於某一層次的技術顯然是不夠用了。最最起碼，我們須有如此的共識：穩定不全是必然，不穩定絕不只是意外。

七十四年十一月四日自立副刊

人身攻擊

善於處理人際關係的中國人，應是最忌諱人身攻擊了；然而，事實上，在中國人的社會中卻遍處可見矛頭指向人身之攻擊。或發爲言語，或形諸文字，或公開宣揚，或私下耳語，人身攻擊往往以攻發別人隱私爲能事，以洩恨報仇消除異己爲樂事，或心存僥幸，或胸懷狡詐，縱不至於誹謗，也總是傷人害己，擾亂了和諧的人際關係。

要爲「人身攻擊」下一定義，並不容易，因「人身」兩字涵義甚廣，而「攻擊」是使如何的手段，是用如何的技倆，也是千奇百怪，花樣繁多。一般看來，人身的主要意義是指人格及攸關人格的尊嚴令譽。

人身攻擊所以被人憎惡，即因其動搖了一個人立身處世的根本。一個已遭受人身攻擊的人，不論其人格高或低，也不管攻擊屬實或不實，往後他要生存於原有的人羣之中是比從前艱難多了。

不過，有一個棘手的問題是：對於一個公認的壞人，如土匪強盜、漢奸賣國賊，當我們把此種已幾乎貶損整個人格的稱號加在這類人身上，是否也算是人身攻擊？若是，則此種人身攻擊不也有其正面的作用。當我們說某人是壞人，不管如何描述他的壞，都已算是人身攻擊了。攻伐壞人，揭發其邪惡與醜陋，是宣揚正義，保護良善之輩的必要手段，則如此的人身攻擊不僅合乎事實之需要，而且值得我們大聲喝采。當我們說希特勒是殺人魔王，誰不點頭稱是而引發對猶太人的同情？這是人性眞實的流露。當我們罵秦檜是漢奸，誰能無動於衷而不欽崇盡忠報國的岳飛呢？因貶惡而使善益加彰顯，如此的人身攻擊簡直就是嚴正的道德判斷。臧否善惡，實在是衞護道德長城的必要行動。

孔子罵宰予是朽木是糞土之牆，孟子罵楊朱墨翟，一無君一無父，其實都算是人身攻擊了，但我們並未因此責備孔孟的不是，可見人身攻擊在適度的範圍內是可施展的，但攻擊者絕對要能立定自己的腳跟，並以合乎事實的陳述始終一貫，理氣昂揚，一些沒有認知意義的表情的句子絕不可輕易使用。世間人事老是糾纏不清，批評一個人的所作所爲，又如何能完全不提那人呢？更何況我們的文詞有許多已然具有人身攻擊的功能。其間分寸如何把握，如何就事論事以攻發其人之惡，眞需有巧妙的智慧。而一起攻擊壞人，驅退邪惡，乃我們揮舞批評之利劍的基本原則。

七十四年十一月二十七日自立副刊

教師的角色

教師應該是傳統的看護人。傳統是人類文明中較爲不變的成分，它經得起時間的考驗，耐得住人性的折磨，而它同時必須常保自發性的生機，以不斷推陳出新。教師從傳統中獲取精神生命的滋長，並以此哺育下一代。因此，他對傳統要比別人有更高的敬意，而當傳統遭人鹵莽地殘害之際，他要能挺身而出。傳道是重任，在新舊交替的關頭，教師須往後看，並且在世俗的根底固守，不使生活的花果飄零。

教師應該是文明的領航人。文明不進則退，知識的園地不墾植便將荒蕪。教師以傳播知識爲業，而有些教師更以開發知識爲業。如何使知識的果實適時成熟，以香甜美味誘引下一代，並同時讓知識的種籽落土萌芽，乃所有教師當日夜思索的課題。教師不一定是權威，也不一定是典範，但他須勇於前瞻，勇於冒險進入未來，並隨時調整步伐，以便後來者跟進。

教師應該是心靈的擎燈人。心靈的亮度，可以決定吾人對自家生命感興味的程度。教師應使每一個受教育者擁有發現自我的本事，他不必爬上雲端，而只要在風雨之中不熄那盞心燈。生命與生命的接觸，不一定必然火花迸跳；但若能心電感通，人人就可在光明中一起躍昇。教師好比是電匠，要消除任何的「接觸不良」，不讓黑暗有作祟的機會。

教師不能是頑固分子。頑固是人腦的天敵，它常假藉傳統肆虐。教師既以傳統的代言人自居，便不可任意減弱腦細胞的活動力，且須對一切新奇事物永遠熱心。若教師能多方散佈開明的氣息，則傳統遭人排拒的可能性將大爲降低。善於自我反省且勇於與自我爲敵的教師，才有走上講臺面對其他人的權利。

教師不能是激進分子。世路多坎坷，人類的前途常茫茫。血氣之勇往往無濟於事，理性的權衡作用乃最佳之舵手。教師既站在時代前端，眼前時有詭譎之波濤；如何放眼週遭，作迅速而明確的抉擇，實在非有堅忍的德性與冷靜的思慮不可。其實，祇要誠心善待知識，並善於運用知識，則縱然杏壇之外人聲鼎沸，教師的方寸必仍可安然自在。

教師不能是偏狹分子。「此中空洞原無物，豈止容卿數百人」，教師應有如此廣大的心胸：縱然修養不到「無我」的境界，也不可任自私自利的念頭無端橫梗於心心交映的通道。所以能教不倦，並非天生耐力過人，而是一顆心時有活水汩汩而來，自人人共汲共飲的泉源。無止境的開展個人生存之空間，一個教師才可能餵養更多精神飢渴的人，而他也才可能不被衆人所遺忘。

七十四年十二月十六日自立副刊

理事圓融

「理事圓融」本是大乘佛學至高之理想，人生至此已入於完美境界，成聖成佛便在指顧之間。而若把此一理想放在知識之追求與理論之營建上來觀察，更具有特殊的意義。眞理的發現過程，是在事的始終一貫間，而事的完成，則須先有理的基礎。事是有次第的行動，理是有脈絡的思想，兩者必須相互配合，人生才能在前進中趨向更高明更圓熟的境界。

如今，知識分子是說理的專家，也往往是幹練的人才，經得起艱鉅事業的磨難。這是一個注重事功的時代，理論和實際的分界已愈來愈不明確。爲滿足實際的需求應運而生的種種理論，使無用的書生不再多見。崇高經驗的風氣，也使以求知爲業的學者不再閉關自守。因此。「理事圓融」的理想並非不可企及，科學理論的建立與其應用，往往迅速而普遍，科學之理的光輝能夠在可預計的未來映照在每一個人的事事物物之間。然如此的「理事圓融」難免流於短暫而淺薄，因其理尚未能深入人類共有的精神領域，其事總在可見的功效消退之後化爲烏有。

我們所應共求的理想須高遠，在高遠的理想如春風吹拂之下，各種之理便自然圓熟，而百樣之事亦將井然有序，不至於瑣碎無趣。若諸多理論能在嚴密的思想脈絡中相互爲用，不相扞格，則整體之社會自然有組織有制度，吾人各種事功常能持之久遠，所謂的「千秋大業」便不再是空談。理事圓融，涓滴可成江河，永恒如在眼前。

曠觀現世，學術文化教育事業最需「理事圓融」理想的指引，因其中之理須深入，其所行之事須久遠，而矢志從事之人之思想人格也須最通博最精純。教育事業不能有弊，學術界唯眞理馬首是瞻，如此理事漸合，雖未臻圓融，此一千秋大業便能在時代洪流中砥立以成。

七十四年十二月十七日自立副刊

執兩用中

近來國內少有大規模的論戰了，而各方學者共聚一堂的討論會則愈來愈多，這應是一種可喜的現象。上一代囿於意識型態，以至於牽動未經理智導引的生命熱情，終演爲意氣之爭，而絲毫無助於事實眞相之發現與人生理想之踐履。如今，此種作風，已逐漸爲年輕的一代所摒棄。數十年來的科學教育，已使我們的下一代在面對外在世界之時，有了較能互相溝通的思想態度。

若深入追究，卻也發現：我們的人文教育尙待全面提升。近來，有一種堪憂的跡象：處理一些與人較不相干的問題，人人皆可冷靜對待；但若碰到和人直接關聯的問題，就少有人能心平氣和了。面對文學、哲學、歷史、宗教等人文學術之諸多課題，往往爆發尖銳的衝突，或立場不同，或旗幟有別，或派系不相容，最後甚導致一學術團體的分裂，搞得學術市場失去合理的秩序。這思想界的怪現狀，其病根卽深埋於人文教育之中。

人文學術之振興與否，攸關精神文明的前途，其範圍之廣大，內容之富麗，實非三言兩語所能交待，但人文學術根本的意義與價值，卻有執兩用中的簡易方法可予以把捉，我們的思想教育，理應在人文思想的基礎上，進行自然與人文的整合，思想教育絕非零星的片面的意識灌輸。欲從事思想的創造發明，須尋求理性之助力，並在兼顧方法與態度，理由與動機的穩定狀態下，參透已然成形的知識結構，創造嶄新的意義；同時，設法依循主觀的思想向度，尋求吾人內在思惟和客觀事物可能相應相契之處。如此，吾人理智除了發揮其工具性之外，還力能反求諸己，不斷豁顯理智作爲一主體的獨立價值，而不至於出而忘返，反主爲賓。

人文包容乃大，並須博而後約。一方面，我們須致力於知識的探討，多方吸收心靈的滋養；另一方面，我們亦須善於取精用弘，手持批評之劍、方法之刃，對事不對人，認知並說理。若人人於思想的萬千管道中，除堅持自己的方向外，還能進一步尋求彼此共同的方向，則我們這個蛻變中的社會便不會再有過分尖銳的意識型態的對立，而可在異中求同，同中容異，彼此相互瞭解，相互尊重，相互包涵。人人在和諧的氣氛中理氣相通，在意氣昂揚頭角崢嶸之際，有眞實的人性交流。

七十四年十二月二十三日海外副刊

就事論事

「辭海」對「事」所下的定義：「凡人類所作爲，皆曰『事』」，而人類之所作所爲，極端廣泛，其種類、數量、關係之多之雜，祇能套一句佛家語：「如恒河沙數」加以形容。無事不動，推動方能成事，故事須在時間內進行。大學云：「事有終始」，有始有終，一事乃成。因此，事都是具體的，眞實的，而人類心靈內在的活動，卻是事的根源所在。極端抽象的觀念經由時間的醞釀及人類身心各方面的參與，也可能轉現出一件一件的事——和我們息息相關的事。

由於事乃人之所作，什麼樣的人便作什麼樣的事，什麼樣的社會便發生什麼樣的事故；也由於事是人在時空內的活動，因此事總介於必然和偶然之間。世上無絕對必然之事，亦無完全偶然之事。凡事皆有其必然因素，此即事理之可預測者；而事亦有其偶然因素，此即事理之不可預測者。如何判別必然與偶然，往往依人類之認知能力或認知態度而定。語意學所謂「意義的相互主觀性」，正可放在事上來討論。一事的意義和價値，就看所有關涉此事的人彼此互通（不必全同但也不能全異）的觀點如何來決定。「相互主觀性」是頗富彈性十分民主的說詞，可以避免陷入必然與偶然，主觀與客觀針鋒相對的無謂爭論。事講究實情，凡眞實之事必有其眞實之情，而情不離人之心念與造作。由主觀的心念到已然客觀化的造作，是一條曲折的道路，事情愈複雜，此路便愈曲折難行。故欲成大事立大功者，須有大能力大氣魄，否則理想抱負再高再大，終將落入「皆空語無事實」的幻境。究竟地說，眞實是事之本，功效是事之末。而事的眞實來自心的眞實，心愈眞實，做事之意志（外現則曰「氣魄」）愈大，成事之可能性也愈大。

傳統的泛道德主義將事限制在人倫日用之間，人倫予人事相當之保護，但也因此削弱了事之功效。人心在泛道德主義的指引下，往往不敢冒險走無人之蹊徑，人之氣魄乃不大。其實，事之眞實之本質，其純然之質地並不必然帶有道德的色彩。科學家一心求新知，在知識領域不斷突破舊藩籬，並不受一定的道德條例所限。英雄人物憑一股血性，在無人之地建立人的新家園，其超越道德甚至反道德的事跡更歷歷可見。

這應是一個就事論事的時代了，而就事論事的標準就在事情本身——事情的眞實與否，是第一個審判課題；事情的眞實性能否予人眞實之影響（此卽事功事效），是第二個審判課題；事功事效能否持久擴大，在時空中恒存，也在人心中永駐，則是第三個審判課題。而在這前後三個課題間，我們必須過濾出與事情無關的種種的因素，使人與人之間的相互主觀性不至於受到任何的牽扯干擾，以保持平衡，維護其純潔，並堅守開放的態度，如此事情才能豁顯其實相，其意義與價値也才能永爲人們評賞玩味。

七十四年十二月三十日自立副刊

量量知名度

不知何時出現「知名度」這個詞，這三個字可是研究社會現象的好線索。名聲和名氣，前者彷彿可聞，後者彷彿可嗅，皆不離吾人之感覺。既可感覺，自能量化，於是爲人所知之名便也可被人量度。可以被人量度是莫大的方便，省事而多利，於是名的品質漸漸失去重要性，再加品質難有具體的物質成分可供感覺，「名」竟成爲純粹的量詞，唯其大小值得人們的計較。

人製造名，原本是爲了傳達一切的眞與實。名實之間，並不可能彼此完全吻合。縱然精確嚴密如科學，發明巧妙而繁複的種種符號，只不過是試圖以吾人理智的律則去發現宇宙的律則，符號和客觀世界之間乃是一對應的關係。大文豪歌德竟也能說出科學的箴言：「在客體內有某種未明的規律和主體內未明的規律相對應。」最偉大的科學家最善於把握此一對應關係，經由此一對應——名與實的對應，科學所發現的宇宙規律才能爲人所知，其意義才能確立。因此，最嚴格的科學之名——符號——最能傳眞，而所謂的眞理必須在名的範圍之內。只有那說眞話的人能擁有眞理。

到處流動的世俗的浮名，恰似不斷飄逝的水波，是風無端擾綴的。世俗的風往往來自人的肢體和大氣層的頻繁接觸，並無強烈的訊息可資心靈調度。因此，浮名（虛名）並不尊重基本的對應的原則，它之欠缺實質之內涵，乃在意料之中。而它之量化，不過是自我的膨脹，最後將難逃自取滅亡的命運。

汲汲於知名度，乃怕見眞實的畏怯心理所致。柏拉圖有一著名的比喻：長年居住洞穴的人，一旦走出早已習慣的黑暗世界，當第一道陽光刺眼而來，他將茫茫然無所見，包括那眞實無比的陽光。此時，他極可能再度退入洞穴，因他已幾乎喪失認識眞實（眞理）的能力。計較知名度，即是以知名度爲鶴嘴之鋤，往自家心地挖藏身之穴，以防眞理之光彌天蓋地而來。人人競逐量化無實的名，是世間一大弔詭。

一個以挖眞理寶礦爲業的學者若也在意知名度，人不知而慍在心，甚而失格，大作非學術的秀，便是社會的不幸，人性的墮落了。花珍貴的才智在此烏有之物——知名度上，勢必引起癡肥虛胖的症狀，如今這類患者正日益增加。

七十五年一月二日自立副刊

保守的智慧

如今，要做一個保守主義者是越來越困難了。時代時湧急流，激進之徒所在多有。乘勢利導，推波助瀾，人人爭做先鋒，唯恐落後，這是十分普遍的現象；而甘願沉落社會底層，不熱中一時的文化活動，且頑強地守護着祖宗遺產，這樣的人就不多見了。

以精神和物質之二分法來看待文化的進展，錯誤是很明顯的。東歐哲學大師波謙斯基（J. M. Bochenski）曾如此妙言：「在人之內的精神與人的純粹動物性（人的肉體）是息息相關的。一位極爲高明的天才，只要腦部受到一點點打擊，便會整個地癱瘓下來；半夸脫的酒精，有時就會使一位甚爲優雅的詩人變成橫衝直撞的野獸。」

同理，文化是人的精神與肉體不斷統合運作的成果，故能涵攝心物二元，將心物鎔鑄於一定的時空；除了兼顧形式與內容，並於變與不變之間尋求調適之道，以維文化之生機永不衰滅。因此，以文化的意義來量度，過分追隨變化因子的急先鋒極可能在時代浪潮中陷入歷史漩渦；而守舊之徒則往往成爲形式主義者，無能接納接踵而至的瞬息萬變的現實。

一個明智的保守主義者並非守舊分子。龐大的文化遺產亟需通識之士看管，古典的精華使這些博學碩彥常往後看，往人心深邃的內部看。往後看，古道光照顏色；往裏看，無盡寶藏待挖掘。因此，若他們因而有了保守的性格，實在無可厚非。人不斷地創造發明，彷彿在與永恒拔河，這些滿腹經綸的保守主義者就坐鎭在最後頭，運用他們龐大的體重使前面的輕浮之徒不至於過分前傾，而落入時間之鴻溝。

當然，精神文明無法單獨表現，保守主義者唯心傾向的危機是不能不預防的。唯心傾向在行爲上可能造成迂緩的習慣，在思想上則可能釀成頑冥的習氣。當代文明注重實效，至於視具有實效之事物爲珍寶，雖非全然有害生命，但無止境地在物質上做功夫，由科學之唯物走向哲學之唯物，就是十分可怕的後果了。

如此看來，唯心唯物皆無益於文化，則保守與激進各有其弊；如何相互切磋，進而自我調整，守經又達變，擇善以固執，如此中庸之道是使文化新生的高度智慧，值得所有身處廣大變局，又心守中華文化的堅貞之士深思。

七十五年一月二十日海外副刊

存在與本質

存在與本質，若深入追究，乃哲學的大問題；但若以常識看待，則在吾人生活中，處處是它們的投影。

存在是狀態之詞，不論主客，不分內外，凡事物之可感可思者皆是一存在。凡存在皆有其活動，至少有活動之可能性。無人能自外於存在，因其自身卽是一存在。無數之存在於無數之關係中討生活，孤立往往引向死亡。

世人睜眼便見存在之種種樣態，存在的多樣性提供吾人活動之場地，而存在內裏的奧秘更時刻挑動着吾人之魂魄。凡生命皆在存在的層次中往上攀升，逐步邁向更眞更善更美的存在。

一般人所以急於擁抱現實，固執不放，乃天性使然，亦生命最深最切的需求。然存在常餵我們以繽紛之現象，而這也是我們心靈頗爲熱衷的冒險。可以說，存在的投影是籠罩世間的霧，種種假相是霧的戲作。

本質乃存在之理。物物皆有其理，無理之物是不可思議的怪物。人之理卽人之性——人性是人之存在最後之底基，違背人性是不可理喩的事情。本質常隱而不現，然發現它乃存在自我莫大之突破。發現天地萬物之本質，是吾人理智的天職。思維的法則須與存在世界的秩序相呼應，而秩序由本質發作，再由關係穿梭。欲解釋存在的一切，須由本質加以範圍。掌握了本質，才可能識破現象之迷霧。

人生的意義與價值看似有多處源泉，其實以存在與本質爲依歸。人的存在亟待整合，由多向一，自異趨同；而人的本質則需用心培養，內外無間，去蕪存菁。一般人的通病有二：或受存在的樣態所惑而放縱情欲，生命乃遭支離之厄；或一味以抽象的本事向本質的虛靜世界遁入，生命終落空幻之境。前者因現實而放浪，後者則隨理想往而不返。如何在存在世界中挖取意義，並轉本質之理爲有價値之物，是吾人生命成長壯大的唯一途徑。

美國哲學宗師杜威說：「意義生於存在。在某限度內承存在之支持。因此，意義不能和存在的世界毫不相干。任何意義都有啓示的作用，對之都應該儘可能地作正確的體會。」

善體人生意義，不僅止於理智的認識，而是生命全體的運作，一方面努力經營存在，一方面專心鑽研本質，事理於焉融合，事實便不再只是一堆瑣碎之物，觀念也可大大發揮其穿透能力，上下交流，左右逢源。如此，一切之存在將化爲吾人生命之滋養，再高遠的理想也將在永不滅絕的希望中大放異采。

七十五年一月三十日海外副刊

有用沒有用

如今，我們經常要面對如此令人心驚的疑問：「這到底有沒有用？」一個「用」字，便可能逼退一個英雄好漢：當他爲理想獻身而義無反顧之時，如果經不起這擊向內心的一刺，而被拉回現實，重新墜入世俗懷抱，則往日之豪情將如雲煙消失，蓋世之氣概也將頓時渙散。

當一個烈士拋頭顱灑熱血，我們能問他：「你這樣做，到底有沒有用？」當一個藝術家殫精竭慮嘔心瀝血，我們能問他：「你這樣癡，到底有沒有用？」文天祥死前的一刻才自問：「讀聖賢書，所學何事？」這是回顧一生的自我評估，並非如功利主義的信徒在腳踏征途的第一步便惶惶然眼觀四方，試圖尋覓些許獵物。胡適之最愛這兩句柳永詞：「衣帶漸寬終不悔，爲伊消得人憔悴。」人生如伊，誰能不憔悴？除非虛假一場，敷衍以至幕落。

粗略地分析，用處應有三個層次：第一是作用，這是自然科學極力探討的，主要有物理、化學等作用，吾人身體之官能也算在內。第二是效用（功用），這是社會科學的課題，和人的諸多心理現象相互牽連，生活之經驗卽以效用（功用）爲樞紐。第三是大用（妙用），這是人文學術的範疇，發自全體，行經大道，始終一貫，無所阻絕。吾人之精神狀態，需有如此之全體大用以爲滋養，才能超離物質世界，開展另一向度之時空。不材之櫟社樹，畸形的支離疏，終能全生全壽，享盡天年，就因能力排削弱生命及有害生命的作用與效用，而掌握其生命之全體（亦即「眞相」）發揮其生命之大用。莊子的智慧，妙在能識破世間之假相，不爲種種瑣碎事物所糾纏，超然晉身，探向廣闊的精神世界，終發現「無用之用」無窮的奧妙。集合無數小用，至於敝帚千金的塵世，是不值莊子一笑的。

爲種種形色所迷的現代人胃口不大，得少便足。一般人重視的是震撼官能的作用，以及爲學日益，時時增勝的效用（功用），而少有人能體貼到大用之大，妙用之妙。一方面，現代人大多喪失歷史感，並欠缺擊破時間跳落永恒的本事；另一方面，現代人也侷促一隅，以坪數談論居住的空間，並欠缺粉碎太虛邁向多重宇宙的膽量。如果人的定義淪爲：「兩腳直立的動物」，腳程有限，目光在咫尺之內；並以物爲食，無所用心，縱然思慮繁雜，念頭卻總在平面攀爬，則世界就可能有末日了。

當然，有用沒有用，仍然可問；但問前問後，須有明確的判準，將各種之用各歸其位，如此人生之層次分明，階梯高低有序，我們當不再如螻蟻奔走，而能效飛鳥凌虛御風，一腳踢落塵紛無數。

七十五年一月二十八日自立副刊

挑戰之餘

再精密的知識，也清除不盡天地間偶然的因子。

再大的雄心壯志，也得時時回顧這有限的生命。

「挑戰者號」在保護地球生物的大氣層中爆成一團煙霧，也幾乎同時擊碎世人共同的一個夢。僅僅數十秒，七名太空人就成爲人類的英雄，爲人類最離奇的大夢以身相殉。在舉世哀悼聲中，太空科學的發展已然有了超乎科學的意義。人的生命仍是一切的重心，似乎沒有人爲那造價數億美元的太空梭燬於一旦而痛惜，所有的嘆息都集中在和我們同具血肉之軀的罹難者身上。

此一悲劇並未稍挫美國繼續進行太空探險的雄心壯志，雷根說：「生活必須繼續下去，太空計畫也是如此。」有些心理學家更強調：太空梭就是美國本身的象徵。無垠的太空確是人類未來希望之所寄，如果人類能善用太空科技的話。此刻，我們應冷靜地聽聽善意的諍言，科學可不能在狂熱的情緒下有了偏離人性的發展。

被喩爲物理學家中的物理學家波恩(Max Born)曾對美蘇熱中太空發展猛潑冷水，他說：「如果把太空旅行當作是化解國際敵對以維護和平的手段，那可另當別論；但今天的太空旅行正反其道而行。太空研究成了世界強權角力的競賽場、冷戰的武器、民族虛榮心的標幟及武力的炫耀。」我們無法完全同意波恩的看法，但也無法予以完全否定。波恩認為太空研究不能和某一民族的優越及某一國家的強大攪和在一起，此一遠見頗值得大家深思。我們只有一個地球，太空競賽絕不能漠視此一根本的現實。太空研究先驅康明斯基(Heinz Kaminski)有如此的警告：「我們今天的各種體制及系統，將決定我們未來的命運。我們現有的問題必須要獲得解決，否則以後外太空其他星球的訪客，在死氣沉沉的地球上所能看到的，將只是消失了的文明的殘跡。」

康明斯基認為太空科技的主要目標，乃在於改善人類的生活條件，以拯救我們的世界。科學應如何與人類的其他問題相配合，人對科學的態度應如何助成社會、政治、教育及其他人文價值觀的體現，乃超乎科學的大課題，更需所有以四海一家共期的有智有情之士，同心協力以赴。若在「挑戰者號」的煙霧中，我們能以靈智之眼透視吾人生命之莊嚴，並看出人的有限性，則我們便不至於因一時之挫折，而放棄生命最深處的探索，也不至於讓太大的野心，傷及應有的自知之明。

如葛倫參議員所說：「某一天，我們突遇頓挫，我們就不得不承認本身有所不足，我們的判斷也非全知全能。」也許，永遠對神秘的天地保有敬意，並時時體察自身的缺憾，才能使人類在遨遊太空之後，仍然保持高級生靈的身份。

七十五年二月十四日中央日報海外副刊

人性革命

信不信教，是個人自由之抉擇，但人性中深埋永不腐朽的精神種子，則屬必然之事實。經驗論者認爲玄學所鑽研的精神實體乃子虛烏有，這是立基於經驗基礎之邏輯論證，並無能傷及超經驗的生命本質與實相。物理學早已進入無形無色的粒子世界，這對一貫堅持精神不死靈性長存的傳統宗教，未嘗不是一種遙遠的呼應，因兩者都有脫卸有形天地迎向無形世界的走向。

宗教以勇猛之態勢直趨吾人靈性之秘府，且以大死一番的決心引領我們在物質世界締建精神的殿堂。因此，我們理解宗教，不能單從社會學或文化人類學的角度，更須進一步以個人之生命體驗爲佐證，以世間之存在樣態爲梯階，在百迴千轉的路途中，自我培成一種超感官的精神知覺，所謂的「慧眼」「天眼」，才可能一窺宗教富麗莊嚴的寶藏。

宗教是以人性爲實驗室以一切之神秘爲實習所的科學，如果科學不自囿於物質世界的話。宗教最執着的是人的種種價值觀念，企求轉化之淨化之並體現之；而一切之價值以人性爲根柢，以言行爲莖葉，以智慧爲花果，知識就是那隨風飄散的花粉。如果所有的宗教不着意於教義之形而上之論辯，不急於擒服人心擴張世俗的勢力，而能時刻照應人性，疏導言行，啓沃智慧，則美善的價值便不再是風中燭火，信仰也不是可銷可毀的身份證了。

流亡印度的西藏政教領袖達賴喇嘛宣稱：「我只是一個普通人，一個人性價值的擁護者——人性價值不僅是大乘佛法的立論基礎，也是世界上各偉大宗教的立論基礎。」他更簡潔有力地強調：世界所有各宗教有一個共同標誌——人性主義的理想。人性成爲人人服膺之主義，須透過宗教信仰的力量，使渺遠的理想能在吾人生存之時空持續放光。

達賴喇嘛認爲世界和平的基礎卽在此，而達到世界和平的最佳途徑卽是以宗教來培養人們的善心、愛心、博愛之心，我們須將此自人性深處培養起，從有限量至於無限量，終至於「對所有生靈，發生無區別的、自動自發的、無限量的博愛之心。」至此，人性價值的實現已然超出家族倫理與國族倫理。

追根究底，如何重振基本的人性價值，唯透過教育。達賴喇嘛說：「如果我們不在當前的教育制度中，推展全球性的重大改革，則將來仍然毫無希望。」達賴期待一次人性的革命，這將不只是宗教的革命或道德的革命。如果世人能把從事政治革命經濟革命社會革命的力量撥一些在人性革命這恒久的精神事業上，那世界和平的曙光可能會早些出現。

七十五年二月二十一日自立副刊

把思想之脈

打開某報，一版頭條是關於全國科技會議的報導，而四版竟是全版的大廣告—某山人大肆推銷其命理書籍，儼然救世福音。如此的新聞媒體，一方面表示自由中國之新聞自由；另一方面，卻顯示活在這個島上的某些人似乎暗藏某種心靈之疾，在傳統與現代之間，可能有人亂了方寸，於思想的迷宮中走失了自我。

如果多數讀者看四版廣告的興趣遠大於看頭條新聞，換句話說：熱切關心自己的命運，卻漠視國家的前途；則我們這個人羣的精神狀態就需好好診察了。

在數百位擁有第一流頭腦的學者專家殫精竭慮爲使科技生根的同時，一大羣享科技成果的現代人卻花心思去鑽研命理，企圖以命理的知識改造自我。若如此弔詭的現象普遍存在於我們這個社會，那麼臺灣這一看似生猛的科技列車，可能就要減速慢行了。

中國所以未能產生西方型範之科學，因素甚多，而最根本最內在的原因可能是：我們的思想一直未能在方法的指導下，建構層次分明的論證，進而以自然事物爲思想之對象。在主客對立的情況下，以純粹之知識餵飫吾人之心靈。中國早有科技之發明，但中國人的思想卻不怎麼科學，中國人的知識欠缺足資考證與批判的理論體系。以至於中國本土的科技在傳統沒落之後需仰賴外援，至今仍以抄襲西方科技爲物質生活日日乞食。

我們有高明的哲學及人生的智慧，但過度追求生活藝術，動輒以行動檢證知識的心態，卻使無數可能創發科學的才智湮沒於人情世故的泥淖裏。我們喜歡駐足熱鬧的街頭看人面映象，不喜歡在清冷的實驗室獨對顯微鏡下的世界。我們常譏笑學院是象牙塔，而熱衷於成果的展示與功夫的較量。

如此捨本逐末的實效主義（其實並無「實效」，反倒有害）依然植根於我們的心田。如果只是以身軀耳目游走於現代科技的成品之間，思想卻未蒙科學洗禮，心靈因此不夠開放，竟爲魑魅魍魎的幻象所惑，則科學將永遠無法成爲我們文化的一環。

命理之學雖不是全然無稽，但若任它擾亂吾人本該理序井然的腦波，並侵犯了本該清明的思想園地，則不僅會肇生心理毛病，更將使我們喪失熱切的求知慾，並喪失進入知識寶庫的勇氣。就整體人生而言，我們需要宗教與哲學，需要文學與藝術，科技則是養身強國之寶。

或許，命理玄學也有一定的用處，在知識大有限度的情況下。但如今最緊急的事情有三件：一、我們需先學會料理知識的方法，以及懂得運用思想語言的技術；二、我們需有自知之明，並能清晰地界定我們和世界的關係；三、我們要有開放的心靈，在努力建設各種理論之後，能接受任何無情的批判。根本看來，只要能除去潛存於人人心中的反科學的意識結構，那麼這三件事的完成就不需等上百年了。

七十五年二月二十五日中央日報海外副刊

有害的普遍化

追求知識乃人之天性，西方學術共同的祖師亞里斯多德，早在兩千多年前就如此斬釘截鐵地肯定知識與人共存共榮的關係。然知識究爲何物？則人言言殊，未有定論。求知的道路千千萬：先天與後天、理性與經驗、主體與客體、個別與普遍、具象與抽象，種種二分法一直在知識的蘊釀過程中牽牽扯扯，而使求知成爲艱難的事業。不僅危險，且帶有幾分神秘。

優游於科學與哲學兩個知識領域的萊興巴哈（Hans Reichenbach）教授，曾爲知識下一定義：「知識在本質上就是從諸個別事件中歸納出來的普遍法則。」從個別到普遍，看似容易，其實有無數的難題存在於求知者的心靈中。普遍化是成立知識最重要的條件，而在普遍化的同時，知識亦逐漸遠離個別的事物與獨一無二的主體（求知者本人）。萊興巴哈教授卽指出一種錯誤的普遍化過程：類比的附會和虛擬的說明，因而導致毫無意義的咬文嚼字和危險的教條主義。

在我們日益增多的知識分子中，在以知識爲主導力量的現代社會中，知識的利弊常同時肇現。而一般人往往只見其利，而不見其弊。我們不必執著哲學上二分法的論調，我們大可在知識領域中大肆奔馳，只要能飛越事物之林，如隻早起的鳥，啄食吾人可食之物。但我們仍須留意有害的假知識—經由錯誤的普遍化過程，以附會虛擬的手法得來的「貨色」。

咬文嚼字可能的患者是文人，搖筆桿之際，若一時失去克己的功夫，則文字便將成爲迷障，文字中包藏的便將是迷思—以想像爲餌，誘人上當。有許多種錯誤的類比，便是由想像力帶領，公然與邏輯爲敵。因此，如何駕馭文人之熱情與卓越的想像，在理性的範疇構建知識之城堡，也讓文學成爲捕捉知識訊息的雷達，該是執筆爲業者光榮的任務。

危險的敎條主義更是知識的蟊賊。許多獨斷論者往往搖身變成急進的政治分子，以其權力殘殺知識之生機。在一些學習民主的國度，我們發現知識的相對論竟有助於正義的抗議，懷疑的精神竟成自由的保姆，而那些擁抱絕對理則的信徒卻拜倒在權力之下。因此，維持吾人心靈冷熱適度，不斷調整追求普遍化的腳步，在求知的漫漫長途中多設一些休息站、中繼站，應是十分有益吾人虛弱體質的作法。

懷海德說：「要尋求簡易，但得到之後又不要信任簡易。」簡易是知識之通性。李政道博士也說：「在物理上，我們認爲：凡是自然現象，都存有一相當簡單的原則。研究這些原則，就好像在一個很複雜的房子中，找到一個總開關一樣。」

我們祈求知識能爲人世大放光明，但我們不希望有人對知識產生不當的熱情與信仰。以簡易爲鑰，破解任何難題；以懷疑爲刃，砍伐人世荆棘。運用文字語言，以豁顯思想，聚合人文；培養批判力量，以離析教條，節制權力。如此，求知亦即求福，眞理也不須再蒙面夜行了。

七十五年五月七日中央日報海外副刊

理由與動機

說理是文明人的一項本領。若理性是人性的主要內涵，則發揮說理的本領當有利於人性的周全。「言之成理，持之有故」，是已然有點邏輯的修養。透過有組織、有系統的言語，以事實爲堅強有力的論據，如此說理必極具說服力。除非時代已全無希望；不然，只要有一個說理的人，世上便有一份光亮。

任何理由都帶有客觀化的企圖，客觀化的理由使說者信心十足，聽者拳拳服膺。因此大部分的理由皆可公開，也都希求普遍化。一個凡事說理的人，應不僅止於將理道出，且須把理貫入自己的行爲舉止上。知行合一，知理亦行理，理成爲生命永不斷落的磐石。雖人人所知之理無法強其同，然殊異之理呈現殊異風采。一心在生活中討趣味的人，是不會愛單調的理路的。

理由如網，網住一個個腦袋。理由有滲入外在事物的傾向，因果關係乃成爲理由的大宗。而當吾人不斷走向自己的時候，種種理由勢將無法饜足一顆顆心。此刻，動機便嫣然現出，以其活潑的身姿招引我們。顧名思義，動機有兩層意義：一、它不是靜態的，它是心念集結的行動。

二、它是開端，並有生氣淋漓的種種可能性。因此，動機壓抑不得，只能加以引導；若不幸有了偏向發展的話。

動難免害靜，成長之後便可能脫卸飽滿的母體。動機常擾心，這是它牽引生命之際無可避免的副作用。莊子認爲使用機械勢必產生機心，機心將使人逐漸遠離渾然的道。如此徹底地反對人爲造作，是擺明姿態要剷除導致人心世俗化之任何動機。可是人心非一灘死水，吾人念頭的閃動，往往超出吾心所能控制的範圍。動機如何純正，乃絕大的難題。主觀而內在，旣隱藏又喜曝光；心機一動，異采大放，人是注定要在心的萬花筒中鑽營，動機豈是安穩的駕駛座？

心腦合一，動機如何能搭配理由，使心的全部內涵攀上一切外在事物，也使外在的一切順承內在的所有，這是人格的自我鍛鍊。就中國人的情況而言，動機較受注目。論人論心，論心論術，一眼便想看進別人的心窩裏。孟子的知言，是知人所以言的動機，而他盯住或明或濁的眼珠子，更是爲了一探人心的究竟。動機動心神，我們都設法掌握它，以使心術正而不邪。更由於我們普遍不相信思想有左右道德的力量，因此我們乃疏忽了說理的技能，語言的脈絡往往被棄置道旁。有人更以爲：生命怎能由知識外在的架構來支撐？

如今，在科學的包抄之下，我們重心不重腦的習氣是非改不可了。對於動機，我們不可再執著不放，更不可將之磨利成傷人的暗器。檢視動機最好的方法卽是透過理由，透過已成形已然有結構的思想，逐步進入心靈堂奧。當動機和理由不再被硬拆爲二的時候，人心方才有救，人腦也將可除去任何僵化的危機。

七十五年三月二十八日中央日報海外副刊

士的情結

一種學派乃一羣學者經由彼此理論之相似、相通，在某一適當機緣或歷史背景下，交相往還而形成的。學派的成立對學術思想的發展，有利亦有弊。壯大聲勢以吸引更多的人才是利，集體的情緒亦促成學術主張愈趨堅定而顚撲不破，終於出現一代宗師的學術人物，這對社會人心多少有權威性的指引作用。然團結與封閉往往同時俱進，一學派的內部團結，可能製造有害的意識心態，而它與其他學派間的對立（並不一定屬實），更易演爲無端的殺伐，徒然損傷知識階層的寶貴元氣。

嚴格看來，先秦諸子並無近似現代的學術規模，而同一流派之間也只是聲氣互求，或以精神傳承相認同，如孟子之於孔子。儒家成爲有學術成績，能向歷史交代的文人集團，則是宋明理學家的成就。佛學的衝擊，使宋明儒者在深刻的反省之後，汲汲於儒學的重建，其學術語言乃有了較嚴格的意義。朱陸之爭，更使儒家在自行分化之餘，激盪出更大的生命力，這是學術內部開明民主之風，在鵝湖會上精采的表現。

可惜宋明儒者仍擺脫不掉傳統的習氣，或高唱道德人格落入心性窠臼，或執意仕進而爲政治所牽絆，這對純知性的思想發展，有很不利的影響。也許，儒卽爲社會所需之人，自始卽甘爲行動實效所拘，乃其天生之性格。儒者並不刻意要成爲學術人物，故若吾人完全以當代之學術標準加以品評，並不十分公允。

再看彼邦，英美當代哲學主流，在分析哲學的帶領下，已盛極而衰。當初分析哲學所以盛極一時，除了時代賦予的機會外，主要原因是由於自身對學術專門化的苛求，對相屬理論的嚴厲檢查，而造成空前團結的景象。其所以會衰，則是由於自我封閉於孤立系統，過分固持專門的學術語言，終於自行分裂，自亂陣腳，如今連其中要角都紛紛轉向了。余英時敎授曾爲文指出：「卽使同在所謂『分析哲學』的世界之內，現在也分成無數小圈子，此圈與彼圈之間已不易互相瞭解了。」學派演成這樣的局面，大概非改弦更轍不可了。

道術爲天下所裂，並非壞事。如何運用思想的自由，建立合理的學術市場，最能表現一民族的聰明才智。國內一直未能開出堂皇的知識大道，並構築熱鬧卻不喧擾的學術城堡，實乃莫大憾事。

也許，傳統儒家對知性的敬意尚未能加重，而熱中俗事，竟以天下爲己任，仍爲知識分子的羣體情結，值得我們仔細清理。蒯因（Quine）以分析哲學爲其宗敎信仰，徐復觀先生以名山著作爲其天國之路，如此執著的學術態度，甚可供國內少壯學者借鏡。我們期待國內有躋乎世界水平的學派出現，我們還不必恐懼學派林立的後果。

七十五年八月四日中央日報海外副刊

生之困境

傳統的道德總是先認定人生並非歡樂的場面，而是一連串苦痛的交集，起碼，艱難困窮的遭遇總難免。因此，享樂主義及偏狹的個人主義一直無法在人心中取得堂皇的地位。安貧是樂道的必要條件，身心的修養往往是嚴厲的試煉；作樂可能傷害正大的本性，檢查個人種種觀念並反省自已所作所爲，才能避免私慾的蠱惑，而超拔於凡俗之上。凡此皆頗不利於一般生活趣味的培養，因個人才情的發揚需要適度鬆弛的心境及不拘泥規矩的環境。可嘆世人常須花費一輩子的時間來鍛鍊道德的本事，而到老卻尚在學步階段。學步又豈能放膽獨行？

現代美學大師桑塔耶那說：「人生不是奇觀，也不是盛宴，而是困境。」奇觀令人目眩心迷，盛宴使人荒怠流連，這在意識清明持身嚴謹之輩看來，不過是短暫的假象而已。佛經以「夢幻泡影」喻現實人生，同樣是站在人世的高處，以超絕之姿掃落鄙俗與醜陋。文人的一朝風月，是美的皮相，終歸萬古長空。

而人生如何是困境？若人生是困境，我們又該如何突破以開展自我？第一個問題涉及個人的能力及價值判斷，對一個適應力高強的人，人生並無法困住他；而生命歷程中小小的轉折，已可能造成重大的挫敗，對一個抵抗力差的人。另有一些堅忍之徒，雖能力有限，但因其固持高超的價值理想，一切的困難便微不足道了。還有一些人作繭自縛，畫地爲牢，活得艱辛異常，其實是個人主觀心理惹的禍罷了。

爲了強化自我，爲了提高警覺，爲了避免個人遭遇不測或自尋短路，我們寧可認定人生是困境。首先，此一認定必須提升爲清明的自覺，自覺個人之處境複雜又詭譎。而自覺有兩路：一是詮釋此世之外在結構，以破解物質之蔽障；二是理解人文之內在意義，以消除心靈之迷霧。如此心物並行，終可以心役物，以主動的理智旋轉乾坤，在有形之結構與無形之意義的互動辯證間，求得連續的統一，如此人生乃能不斷地整合，則奇觀和盛宴並不必然陷溺人性，而自覺自強能使困境展現出人人嘆爲觀止的奇幻之美。人和人的結合莫非盛宴，流連不一定忘返。

因此，我們甚願說：「人生是奇觀，是盛宴，更是困境。」這其間有連續的統一，統一的連續，則享樂主義有其一定程度的眞理，個人主義便將極有利於個人之才情，道德可以不必以痛苦爲火引，歡樂之中也會有高尙的趣味，世俗的面目便不全然醜陋了。

七十五年四月十日自立副刊

說善

辜鴻銘英譯中國經典，字句之斟酌，煞費苦心。本來哲理文字詮釋不易，而中西文化之差異在各自內部之意理結構中首見端倪，便是由古老文字予以傳達流布。因此，一些植根人類精神傳統的理念最須共同的鑑定，並須以高明的翻譯，尋求殊途同歸的理趣。辜鴻銘譯「君子」爲「一個聰慧而善良的人」(A Wise And good Man)，兼顧君子的才與德，應可算是信達的佳列。

在此，我們當可發現「善」這個字眼值得進一步推敲，如果君子還是人類理想的典型的話。

「牛津英文字典」對「善」(Good)下如此的定義：「最普遍的讚美形容詞，隱含了那種非常的，或至少是令人滿意的特殊性質的存在，那些特殊性質若不是自身是可羨的，就是對某種目的是有用的。」明眼人一看，這樣的定義十分的籠統。然而，當我們稍稍深入「善」的內涵，便可發覺牛津字典的編撰人是有其苦衷的。

「善」的意義永遠是那麼深廣，也永遠有無窮的變化，因人而變，因事而變，因時空之不同而變。如同世上每一顆心，並不因所放置的軀殼不同而彼此絕緣，「善」在理想的光照下總能發揮它的神奇力量，將所有特殊的個人集結於目的之前，意義之上。當價值可能慘遭破壞之際，「善」便以保姆的姿態挺身而出，安撫桀驁不馴者，拉拔自甘墮落者，控訴暗中的惡魔，並盡力收拾好工具，整理好手段，以備弱者使用，愚者也就不必硬鑿一顆腦袋了。

倫理學家威廉·K·福蘭克納（Willam K. Frankena）曾列一表格，把善的價值分成兩大類：一、道德價值，二、非道德價值。非道德價值又細分爲：功利價值、外在價值、固有價值、內在價值、促成價值、終極價值等六種。如此看來，似乎非道德價值要比道德價值強上數倍。

其實不然，所有的非道德價值都是爲了成就道德價值，而道德價值也不能拒斥非道德價值。「知者利仁」，雖以「仁」爲個人一心追求的目標，卻不僅不至於落入功利的窠臼，反有助於道德情操的養成。可以說，祇要固守人性，遵行人道，緊緊扣住吾人眞實的生命，道德之名是不必執著不放的。

「善」這個字眼極易被濫用，善的價值也經常爲人任意混淆其層次，減損其光采，貧乏其內涵。如今行善的工具種類繁多，行善的動力源頭不一而足，而善人的身份更是琳瑯滿目。在這個已不以道德價值爲鵠的的生活競賽場中，如何使道德色彩淡薄的善的事物不僅滿足我們，而且供給我們不斷追求美好與幸福的動力，是需要勇氣和智慧的。我們可以不講道德的理由，我們儘可以享樂避苦，但對這個最普遍的形容詞則不能不給予最強烈的認同，如果君子還是我們理想的典型的話。

七十五年四月十三日中央日報海外副刊

象徵思考

結構主義（Structuralism）作爲一種哲學理論，雖未能在時代潮流中站穩腳步，但李維史陀（Levi Strauss）以其專業社會人類學的立場，努力挖掘人類文化深層結構的野心，仍値得所有關心人文走向及世界前途的有智之士欽敬。基本上，李維史陀認爲任何一種文化皆是人類思考結構的表徵，即使是最原始的亞馬遜河流域森林中的土著，也有其力能與自然環境結合的文化結構，亦即有其思考能力，有其象徵能力。

李維史陀在早期作品中一再強調：語言的使用最足以顯示人類的象徵思考。李區（Leach）如此引介李維史陀此一創見：「符號不同於引發行爲的刺激，所有動物對適當的訊號都會產生機械性的反應，這種過程並不需象徵思考。要能操作象徵符號，必須先能區分符號和它所代表的事物，然後還要能認出符號和它所代表的事物之間具有一種關係。這是使人類思考有別於動物反應的最根本特點。」（黃道琳譯）語言即符號的有意義的組合與運用，透過語言的研究，可以發現人類思考紮根之所在。

孟子判定人和禽獸之不同，在於「幾希」，這兩個字是使傳統中國人自覺其爲萬物之靈最直捷有力的證據，可惜孟子說得太簡略了，讓後代的註釋家煞費苦心、猜測紛紛。而最令人遺憾的是孟子的「幾希」感染了太濃的道德氣息，以至於無法顯示人類理性在倫理規範中的導向功能。從感性、性、理性以迄德性的歷程，處處坎坷，時有歧途，而偉大的中國聖賢以其所謂「道德直覺」一步跳躍，安抵彼岸，絕大多數人卻仍困於此岸惑於種種世間事物，因爲他們欠缺知識之筏，不懂得以思維破解感性之網，以語言引導情性之流，以理性突顯人的價値，如此道德乃淪爲非知識甚至反理性的教條，民間於是充斥無知的愚夫愚婦及無德的鄉愿僞善之人。

知識助成道德，思考有益於倫理教育。傳統的中國最講道德，但傳統講道德的方式已不足以應付如今是是非非林林總總的生活處境。西方「知識卽道德」的論調雖有其流弊，但西方人講理性的態度卻令人覺得他們頗善良，而中國社會中許多有德長者卻往往違背理性大發脾氣，「好兇呀！」竟是那些滿口仁義大談聖人之道者面目的寫照。

我們的教育亟需一條培養純粹思考能力的管道，我們的新青年仍欠缺瞭然於事物眞相的象徵能力，而他們的語言總在眼前的事物間打轉。往往流於膚淺顯得零碎。因此，我們仍需要一種與思考結合和理性掛鈎的語文教育，我們不能只讓下一代在中文和外文之間穿梭，卻無法運用它們來疏通自已的思路並結合個人與任何人事物之間的關係。如果人人不再欲言又止，不再含糊其辭，能以有意義的符號組織「言之成理」的知識，能善用語言來打破個人之情結並化消敵對意識，那中國人的道德就算大有進步了。

七十五年三月十一日自立副刊

聰明的歧義

中國人大概是世上最聰明的民族了，因為他們竟然能在「聰明」這個詞上動手腳，製造了一些聰明的歧義。

聰明的原始意義，本決定於人體最重要的兩種官能的優劣程度。耳聰目明，十分的寫實，就像我們說一頭馬跑得快，一隻狗嗅覺很靈敏。後來人類文明的進步幅度，是以理智和感官的距離遠近為準據。理智越能擺脫感官的束縛，越能放射其朗照乾坤的光芒，使人看見眼睛看不見的，聽見耳朵聽不見的，如此聰明的意義不僅不再以感官為憑準，且以反感官超感官的本事自豪了。

聰明除了以理智的能力為主要導向外，卓越的想像力和創造力，也是使一個人聰明的必要條件。司馬光小時候打破水缸救人，可能不是推理之後的結論，倒可能是想像力當下穿透思維障礙迅速引起的行動。想像力往往以常識為材料，隨手拈來，妙趣橫生。所謂「靈光閃現」，大概是吾人的想像力在知性的範疇內發揮了催發引爆的效果，而創造力乃貫穿其間，推陳出新，帶領我們邁向未知的世界。

中國人使用「聰明」這個語詞，所產生的最嚴重的歧義是拿聰明來處理世俗的瑣碎與人心的變數，「聰明」乃幾乎成爲「機變巧詐」的代名詞。莊子有個寓言，說太初的混沌被鑿開了七竅，於是就一命嗚呼。竅門正是世俗的聰明所欲鑽營的，竅門愈多愈聰明。莊子反對如此的聰明，因它傷了我們一顆完好的心。蘇東坡最大的感歎：「我被聰明誤一生」聰明本是人生大利，所以有誤，是因假聰明排擠了眞聰明，而眞聰明又不甘愚魯所致。假聰明便以拋弄世俗大網爲主業，孔竅繁密，計慮多端，然並無眞正的認知對象，故其所獲亦無什價值可言。

荷爾德說：「心比智力更聰明。」一語道破世俗罩在聰明上端的迷霧。心除了知的能力外，還有情意的作用，因此聰明不能只以知識爲鵠的，深情的感動力及意志的種種能耐，美的鑑賞力與實踐道德的睿智，更是高度的聰明，超卓不凡的聰明。子貢認爲孔夫子學不厭是大智慧的表現，則智慧已成爲一種高貴的德性。不使知行之間有裂痕，統合身心，協調知情意，以知識爲前導，德性作後盾，進而不爲現實的變數所迷，也不急急落入恒常的理想，則人便能頂立於天地之間，不斷汲取自然的奧妙以維生，並保持一顆心活活跳跳，善於避開明鎗和暗箭。如此，即使我們被鑿了七竅百竅千竅萬竅，我們仍將活得很好很自在。

七十五年三月二十日自立副刊

胡適風

最近因胡適遺著版權之爭，胡適的大名再度喧騰起來，連電視節目也拿他做了一個小單元。這位被詩人譽爲「中國人最美麗的樣品」的大學者，是已沉寂了一段時日。胡適曾是一個時代主要的發言人，他緊扣時代的脈動，以少年煥發的英姿宣揚種種新思想。他的道德人格幾無缺憾，他的治學態度足爲表率，他堅持民主自由理念的開明作風更使他成爲濁世中一道浩浩清流。

胡適身處傳統與現代之間，少有人能像他那般巧妙地將中西文化融入於個人生命。他以淋漓的眞性情，一方面激烈地反傳統，卻又默默服膺某些優良傳統的指示。另一方面，他堅定地推動現代化，科學和民主是他高舉的兩面大旗，但他並不因主張西化而數典忘祖，中國本位的立場是他始終堅持的。

崇拜胡適是少年熱情的表現，詆毀胡適則是某些意識型態的發作。如今，我們應可將胡適在歷史中定位，他的偉大有事實作證，他的不朽有衣鉢相承，而他可能的限度則可用理性加以斟定：

一、胡適的哲學思想以美國實用主義爲主軸，他對中國哲學的研究也爲實用主義所牽制。因此，以全面性的哲學領域而論，胡適容或有淺嘗卽止之病。

二、胡適的文學研究受乾嘉遺風影響，以考證爲大宗。若拿嚴格的文學批評作標準，胡適這方面的成績可能要大打折扣。至於胡適的文學創作，則屬首開風氣，並無成家之資格。

三、胡適矢志教育，予中國新教育無窮之生機。但在西化的潮流下，對於本國的教育傳統難免有所割裂，而重英美輕歐陸的傾向，也使我們失去歐陸古文明的精神指引。如何建立深廣的人文教育傳統，歐陸有比英美更多的典範。

四、胡適將自由民主和經驗實務結合，頗能迎合時代的需要。可是，吾人生活重心並非完全倚靠現實，心靈的種種眞實才是人生意義之源泉。胡適捨棄形而上學，不明宗教眞諦，未嘗不是美中不足之事。

也許，胡適的限度是時代的限度。胡適不是猶太先知，不是耶穌釋迦。做爲一個人，一個中國人，胡適當得起「美麗的樣品」。如果有人超越了他，至少在某方面比他強，這是文化前進的腳步，絲毫無損於胡適。若是此地再吹起胡適風，希望崇拜胡適譽他爲「全國第一」的人能和批評胡適的人彼此提攜，聯手擊倒那一羣詆毀胡適的人。

七十五年三月二十九日自立副刊

羅素的設想

廣義的文人是指所有具人文素養的人。人文素養主要有兩條進路：一是道德學問，一是文學藝術。這兩條路最好同時並進。由自然人到文化人，其間須經長時間的薰陶化育，修身洗心，其原始動力源於融洽宇宙秩序與人文秩序於一爐的道德理念。「繼之者善也，成之者性也。」（周易繫辭上傳）不斷地創造以成就此一人文世界，乃道德始終一貫的目的。

排除此內外一如的目的性，道德便不成其爲道德。有了道德的善根以汲取天地共存共榮的滋養後，一個文化人須再進一層，講求智慧以發生命之光與熱。面對空間，則仰觀俯察，天文地理莫非智慧開端、知識的肇始；面對時間，則原始反終，生死是一變化長流，文化則凌波橫渡，遙指光明的彼岸。在文化人的性靈天地，時空已成另一種造化的素材，豈止三度或四度？

至於文學藝術，便是文人的特色了。孔子「行有餘力，則以學文。」強調道德學問乃實踐的功夫，是人生的根本事業，內涵富有且日新又新；然吾人生命應有多樣的光采，如同工作之餘尚需有閒暇以養閒情逸興，以使生活保持均衡避免枯寂蕭索。文學藝術便是一道活水，映照天光雲影，供吾人徜徉流連，人生的樂趣大部分蘊藏於此；而若人生有何意義與價值，也須以文學藝術之美加以點化，才能成爲可口的美味。未經心靈妙手調理的原始意義與價值，吾人是難以將之下嚥消化的。

羅素曾有如此的批評：「近代高等教育的缺陷之一，是太偏於某些技能的訓練，而忘了用大公無私的世界觀去擴大人類的思想和心靈。」這是本世紀偉大通才的眞知卓見。莊子頗不以爲然的「一曲之士」，在如今的高等學府中遍處可見。可以說，眞正的文人已不常見，眞正的人文素養已爲現代教育所支離。

中國古哲致力於自然與人文的結合，並積極開拓無限度的時空意識，羅素所謂「大公無私的世界觀」，其內容亦不外乎此。現代人偏狹的心胸徒然製造仇恨、猜忌和暴力，化解之道絕不是某些專業的科技知識。將來人人共用同型的電腦，然人心之歧異如故，則戰爭的陰影必然籠罩如故。培養大公無私的世界觀，唯經由人文教育長時間一以貫之，才可望有成。

此外，文學藝術若流爲唯美的誇示、技巧的演練，則對於文人心靈不僅無益，甚且有害。寫一篇漂亮的文章，吟一首晶瑩的小詩，作一幅精妙的圖畫，若那寫的人、吟的人以及畫的人並未能因此超然脫俗，撞開小我向大我，拋卻分秒之爭邁入寧靜的永恆，則將如此文藝棄如敝屣可矣！

也許，羅素的設想仍值得我們一起花心思：他說他如果有權去制定高等教育的話，他將使

「青年清清楚楚的知道過去，清清楚楚的覺察人類的將來，極可能遠比他的過去爲長久；並深深的意識到地球的渺小，和在地球上的生活祇是一時的細故。」羅素之景仰古中國，是有東西相輝映的理由的。

七十五年八月二十四日中央日報海外副刊

以文立國

中國以農立國，也是以文立國。單檢索文的意義，我們便可發現它受重視之一斑。

文指禮樂制度。孔子大嘆：「文王既沒，文不在茲乎？」所有的傳統幾乎可以「文」一語概括。中國人大可以在文化上的成就自豪，而最有光采的文化成就就是禮和樂了。禮樂合構，文化成型，其有機的整合的意義，便在「文」義之中。

文指教育的內容。孔子四教：文、行、忠、信，文居首位。由文帶頭，即由文字典籍發端，充滿人文色彩的教育才有一定的規模，也才有承先啓後的主導功能。雖說「行有餘力，則以學文」，文可能被窄化爲一種生活技藝，但它仍可與道德並列。「君子博學於文，約之以禮」，一方面向深遠的思想文化開放，另一方面則往道德的路徑專注著力。

文指一種人生態度。孔子讚孔文子所以有文的美譽，是在於他「敏而好學，不恥下問」。對孔子來說，人生即是一不斷追求學問的過程。論語以「學而時習之……」爲首章，孔子自謂「學不厭，教不倦」，都是在擺明學問爲人生之基架，脫卸學問幾乎等於逃離人生。而學問並非知識的累積，乃是人生眞精神的表現，它應該永遠是個動詞。

文是人生智慧的表現。「夫子之言性與天道，不可得而聞也；夫子之文章，可得而聞也。」可言可聞之文章，卽人生高明境界眞實的呈顯，它最可貴的內涵，就是那些最深邃的智慧。當然文章和智慧仍是兩物，如果我們能透過文章的皮肉，進入文章的神髓，則智慧就似灌頂醍醐，不再是抽象的玄想了。

文不是表象，不是皮毛，也不只是繽紛的符號。子貢說：「文猶質也，質猶文也」內外本無隔，如果生命力不受阻的話。文質彬彬，絕非勉強的拼湊，而是人爲和自然、先天與後天、理性和經驗等對立因素巧妙的融合。人生而無文，是要比寸草不生的瘠磽之地更加難堪。

文又和美、理同義，可見人生藝術化，基礎仍在人文的內涵。我們看到一些藝人無根如浮萍，祇因爲他們不諳斯文，不識大體。而眞正的大科學家，在理的篩洗下自然煥發人文光采，就不足爲奇了。

祇要我們不是失根的蘭花，文對我們仍是意義無窮。我們不怕斯文掃地，掃地之後仍可再拾起重塑；怕的是我們文過飾非，喪失重建文化的自覺意識。子夏說：「小人之過也必文」如此以虛假之文充場面、擺門面，終至於以假當眞，以幻爲實，可能就要應驗扁鵲的話：「信巫不信醫，不治」了。

七十五年五月二日中央日報海外副刊

毒草變繁花

如果人們在念頭一動之際，就抓住那飛跳的影子，不讓它胡亂游走於事物之間，則心靈骯髒的程度將大爲降低。心靈的純潔是思想光輝的源頭，若不幸染汚，其自我調適的有機功能將逐漸喪失。而在各種心念間製造垃圾最主要的禍首就是一種極強烈的情欲——嫉妒。

嫉妒彷彿心靈園地的毒草，它遍地而生；祇要我們要它生長，嫉妒的毒草便將兀自蔓延。嫉妒更似熾烈野火，不僅焚燒嫉妒者，也可能殃及池魚。而嫉妒往往難以治癒，說它是心靈之癌也不爲過。使嫉妒頑強不屈的因素，最主要的便是我們固執不改的一些念頭，這些念頭從個人內裏發出，迅速波及其他人，如那射影的沙蝨，所含之毒意甚於毒性，再遠的距離也阻絕不了這種力能敗壞人性的攻擊。

羅素說：「在人性的所有特徵中，最不幸的莫如嫉妒。嫉妒的人不但希望隨時加害於人，他自己也因此而鬱鬱寡歡。」同歸於盡是嫉妒肆虐最悲慘的結局。如果人類有全數滅亡的一天，那把漫天罩地的大火可能就是嫉妒之火。祇要我們分析一些政治人物的瘋狂舉止，便可在他們的性格中發現嫉妒的意念如面飛舞的大旗，帶頭興風作浪。他們不幸的童年是極佳的溫床，嫉妒是經長久醞釀而成的。

不希望別人在我之上，這是很自然的情愫。其實這也不全是壞事，如果能在比較的時候發現更根本更恒久的人性因子：「舜何人也？予何人也？有爲者亦若是。」這是在嫉妒的情欲尚未蠢動之際便以莫大的心量與毅力淨化心靈，並且設法超越自己，不被自我的痛苦所擊倒。羅素甚至認爲嫉妒也可算是民主制度的基礎，希臘城邦的民主運動就是受到「我們之中不許有一個凌駕衆人的人」這種情欲所鼓舞。確實有許多獻身自由民主的鬥士，都曾遭遇可能引生嫉妒的難堪的情境，他們那股革命的熱情難免有些嫉妒的成分，祇是追求正義平等的理想將之淹沒罷了。

嫉妒雖毒，但它是英雄主義的催化劑，一些強者需要它，某些文明的輝煌成就竟是無數人化嫉妒爲進步力量的結果。嫉妒無能一旦除之，唯有逐漸超越之轉化之。虛假的謙卑是嫉妒的變態，是迂迴的攻擊，它的後患更是無窮。因此我們須從看顧心念做起，凡事當下設想，立即解決，絕不縱容心念胡亂混同，胡亂地將人和人作比較，將事與事如孩童玩積木般拆拆合合。我們不敢奢望沒有嫉妒的天堂，祇希望在競爭的人世能轉嫉妒爲寬容，化仇恨爲慈愛，而在人性的底基之上建立眞正的平等，在心量不斷擴大途中實現眞正的自由，那麼世上的快樂和幸福必將變得更眞實更豐富。

七十五年五月二日自立副刊

歷史意識

說中國是最有歷史意識的民族可能比說中國是最有歷史的民族要來得更貼切。五千年，不再只是一大段時間、數十個朝代而已；五千年是一融鑄血脈與心脈的歷程，在億萬中國人心中，千年前的人物隨時呼之欲出，隨時可以復活。中國的歷史不只是文字和事實的揉合，思想和存在的應和，更是心心交映的永不離散的光和影。

自古以來，春秋代謝，然中國人精神天地的春秋永是氣勢磅礴。孔子的大筆，司馬遷的硬毫，乃知識和道德再加種種時空的投影而成。脫卸歷史意識，中國的哲學便可能落空，中國思想史之所以難以思想進步的足跡判定先後強予分期，潛在的道統是主因。縱然道統總處在思想曖昧不明的週邊，但它所演成的一元心態卻發揮了魔力，而供他揮砍的場地便是歷史所提供，歷史意識所凝聚成的。若中國人的心靈有共同的磁場，歷代開館編史的文人學士以及秉持春秋大義的忠烈之士便位居磁場的中心點。

當然，歷史非中國所獨有，但世界上少有一種文化能那麼緊密地和歷史相依相伴，而在歷史意識的斡旋下化解一切可能阻礙文化進展的因素。一部易經，載明宇宙歷史的法則，也提供人文創化的基本的意理結構。中國的歷史即是一部獨特的人文創化史，所有的參與者皆有榮光，頭角崢嶸的英雄不以血光廻映天地，而是以煥發文采的才情昂首進入宇宙秩序之中，或以道德締造崇高的殿堂，或以思想揮灑奧妙的理趣，或手執彩筆點染精神撥開境界，或獨闖靜寂無邊的神秘宇宙參悟性相證道果。周公孔子，老子莊子，杜甫李白，僧肇道生及慧能，都已然不朽，而所以不朽不在那些可聞之言、可見之功、可敬之德，乃在於川流不息的文化精神於他們身上開花並結果。如果不能深入這些不朽人物一體相關脈脈相連的歷史意識——永恒在中國的特殊時空架構中努力經營的本錢，那麼就難免被所謂「偉大」的形象所惑，而把歷史文化支離碎解了。

卡爾·巴柏在其鉅著「開放社會及其敵人」的最後一章「歷史有意義嗎?」提出如此的卓見：「雖然歷史沒有意義，但我們可以給它意義。」卡爾·巴柏堅決反對倡言歷史決定論並對歷史命運擅作預測的歷史主義。我們也同樣堅信：中國人的歷史意識絕不同於歷史主義，它是向深廣的時空開放的，在其中，我們仍是自由自主的。如今，我們的歷史意識有衰退淡化的趨勢，這對開創文化格局及善保當前的生活規模都十分不利。此刻，我們是該再聽聽卡爾·巴柏的諍言：「我們不要做預言家，我們必須爲自己的命運作主，必須盡力學習去做我們所能做的，並努力找出我們的錯誤。」

七十五年五月六日自立副刊

文化亟需綠化

臺灣地區的各種政治、經濟及社會問題，根本都是文化問題。數十年來，中國文化在臺灣地區所遭遇的挑戰，十分嚴厲，而其成功亦十分顯著。文化的範疇幾乎無所不包，文化的水平亦無可度量。但就其不斷肇生的問題，吾人可藉以窺見文化內部的健康狀況，進而謀求治本之道。

無可諱言，臺灣地區的文化問題相當嚴重，如果我們能以整體的眼光看待，當可發現種種衝激，已在當前的社會中引起莫大的振盪。傳統與現代的爭辯，雖不再使學者大作文章，但波瀾壯闊的文化形勢卻已轉入各種人文活動；甚至在偏僻的農村社會，亦可看到這條小龍蛻變的各種痕跡。簡略地加以檢查，就有三種現象令人擔心：

一、個人主義與享樂主義大肆結合，人逐漸物體化，而自然界在人爲的疏忽下逐漸失去生機，一種乾枯蕭索的氣氛，吹向原本青翠的山頭，這個島亟需全面的綠化。

二、傳統道德中十分珍貴的「絕對理則」已相對化，正義的標竿傾倒，倫理的網路渙散，而種種美好禮俗成了只具象徵意義的古董。年輕的一代在汲取身心滋養之際，並不渴求道德的芬芳；性開放壞了家庭倫理，便是一項文化危機。

三、民族（文化）意識正迅速淺薄化，雖然生活的慾求不減，但號稱世界性的追求時髦心態，已使世俗逐漸脫離種性的護持。國家的尊崇依然不墜，但其意義卻受到模糊意識的浸漬，因而不再有奪目的光采。喪失文化本位的覺醒，一切生活的內容便宛似和稀泥了。

艾愷（Guy Alitto）在新著「文化守成主義論」中有一段話可助吾人深省：「現代化是一個古典意義的悲劇，它帶來的每一個利益都要求人類付出對他們仍有價值的其他東西作爲代價。」他更進一步闡析：「每個地方的個人對平等民主、個人主義、入世思想、科學及現代工業產生的解放給予高度評價；然而，同時也繼續爲傳統生活、家庭倫理、教會與社區、明晰道德理脈中緊密的個人關連、安穩的社會地位、與自然相契合等等，大聲疾呼。這兩組欲求之間的衝突，不但象徵和表達了人類最深的社會衝突，也象徵和表現了人性本身的深邃矛盾。」

我們邁向現代化的腳步不容稍緩，但我們須不斷地用心思考：在物質和精神二分的理念下，我們是否能使中國文化呈現嶄新的整合型態？我們在西潮冲擊下，是否付出了得不償失的代價？我們社會的衝突，能否有助於我們未來的新社會？而人性內在的矛盾，能否經由教育及思想管道加以化除，以創造更美好的個人？這些問題是需以總體文化建設的態度來正視，零星的應付很可能坐失良機。

七十五年五月十二日中央日報海外副刊

眞實的思維

西方人對理智大舉進軍已數百年了，抽象思維儼然成爲現代文明的金針；欠缺抽象的本事，有時幾乎等於低能。那些祇擁抱眼前事實之徒，往往在知識領域中受限遭阻；而活在某一種專技符號系統中，乃成爲文明領航人共同的命運。

面對排山倒海而來的主知潮流，大部分人隨卽汨沒其中，但也有智勇雙全的中流砥柱之士，頗有周處屠龍的架勢。大哲懷海德（Whitehead）就曾如此宣稱：「思維是抽象的，而理智對抽象思維的偏執運用，卻是它本身最大的缺陷。」懷氏乃獨立經營出一種獨特的形上學，企圖將吾人思維的普徧概念，重新安置在實際的經驗世界中，欲以事實爲對象，從各種事實的關係中去發現眞實的究竟。

懷氏在深入科學之後，終於發現當代科學的重大錯誤，頗有「歷經滄桑難爲水，五嶽歸來不看山」的感慨，他於是提出嶄新的宇宙觀——「自然機體論」（An Organic Theory of Nature）。懷氏卽以此爲基礎，開展他那廣大精深的形上體系，建構了「機體哲學」（Philosophy of Organism)，側重實際事物的變化及歷程，而以「實際體」(Actual Entity)代替傳統哲學的「本質」(Essence)或實體(Substance)。

謝幼偉先生親炙懷氏之後發現：懷氏雖未能對中國哲學作專門研究，但他嚮往東方思想的神情常溢於言表。在懷海德哲學和中國哲學之間確有相似的理趣：同樣注重事實、變化、關係、歷程，而都認為宇宙乃一生生不息的有機體。

當然懷氏出入數學、物理、哲學甚至宗教，優游有得，他思想之條理緜密，系統之廣大週延，絕非中國傳統哲學家所能相比，至少在知識成型的工程上。然懷氏的思想對我們確有極大的啓示，特別是他所運用的「關係邏輯」(The Logic of Relations)最值得我們參考，藉以開挖傳統思想的寶藏。就以我們的思想態度及方法而論，至今尚無一定的學習標竿。

民國以來，我們各自往西方獵取一種學說，於是便循此學說演成種種可能妨礙思想進步的意識型態，在古中國開闢種種新戰場，最後國計民生都被拖累了。設想我們若能掙脫西方知識的包袱，而專注在思想態度的修為與思想方法的鍛練，以共同面對傳統文化，迎接當前的挑戰，則現代中國知識分子當可「含和吐明庭」，而民族自有一番新氣象。懷海德以「關係邏輯」調整西方思想路數，避免古人所犯的思想謬誤，就是我們的好榜樣。

一切錯誤皆自思想生。如今，我們談事實，卻未能深入其中錯綜之理；重變化，卻隨波逐流而不知返，論關係往往為世俗大網牢牢網住，數歷程竟流連過去未能走向未來，這都是疏於料理思想，看顧念頭以把持生命的惡果。我們不必再對傳統的形而上學多所固執，讓知識導向我們所生活的世界，方是明智之舉。

但在糾纏不清的人倫物理中，我們須有清晰而肯切的思維能力，使閃動的觀念各有定位，並塑造恒常可信的語言系統，以爲安身立命的依藉。孟子教我們「強恕而行」，如今是我們該澆灑心血在這上面的時刻了。

七十五年五月二十二日中央日報海外副刊

河清望太平

在繁複的語文中選取適當之字詞以構造傳情達意的文句，是一種技巧，也是一種藝術。對語文的認知與尊重，往往可立即反映在人際關係中。我們不必執著語文，得魚忘筌常能發現人生新意義；而我們更萬萬不可辱沒語文破壞語文的功能，若語文不幸衰疲以至於淺薄貧乏，我們的生活內涵就大可憂慮了。

約定俗成提供我們甚大之方便，祇要有起碼的聰明，語言文字就可任我們自由駕馭。有意無意之間，我們在無數的語言脈絡中添加了許多新的路數，或以概念爲鑄模，或以情緒作管線，或把價值理想高立成牆，於是語言的意義便有了歧異，語言的功能也往往陰錯陽差脫了序。

眼前就有一種欠缺自我省思的語用習慣，使我們的認知亂了方向，如長了眼翳般，迷茫中我們因誤會而衝突，並因此閃失了團結合作的機會。語言本是接合劑，文明更運語言如輪；然若使用不當，語言竟也有其驚人的殺傷力。在此，就以現成的例子稍作檢查。

「野心份子」這一個語詞從何而來，雖然難以考察，但使用它的動機及情境，確有具體的時空環境可予把捉。我們的社會已逐步跟上時代，但我們卻仍有一些不合潮流的意識型態，其中以泛政治主義和泛道德主義最難以應付，而這兩種意識型態的大舉會合更敎人頭痛。「野心份子」所指謂的對象，便是泛政治主義和泛道德主義的傳統情結所設想出來的；而使用此一語詞的人手舞著大旗，飄揚的旗幟下有痛苦的呻吟。

「野心」究爲何物，並無十分明確的可認知的意含，而「野心份子」也很難覓著實際的指謂對象。一個意含不清指謂不明的語詞還是少用爲妙，否則難免含沙射影之譏。如此蘊含情緒意味或價値意味的語詞在我們日常生活中頗爲常見，祇要我們劃清語用的場合，不使混淆錯亂卽可。祇是一般人往往有個毛病：在認知的場合使用情緒語詞或價値語詞，以省下推敲概念穿梭理路的心思。

反思語詞之使用謬誤，一方面能幫助我們釐清知識之眞僞與推論之正誤；另一方面，更可破除我們那些有害人心及人際關係的意識型態。中國人的情結往往是某些價値理想投影下的產物，它們無端侵犯了中性的思維的世界。至少，某些情緒語詞能阻礙眞誠的心對心的交流，語詞之情緒意含也須有眞實的成分。你說我是「野心份子」，我又何嘗不能從另一個角度（當然不是認知的角度）說你是「野心份子」？

從前，傳說黃河由濁轉清意謂天下將太平；如今，我們的語言由濁轉清意謂人間將不再有紛爭，而這已不再只是個傳說。

七十五年五月二十二日自立副刊

脫卸冠冕著褐衣

旅美學人傅偉勳教授最近發表長文，探討儒家思想的時代課題及其解決線索，其中，傅教授不客氣地指陳當代新儒家的思想困局，並且對牟宗三先生服膺道德主體而輕貶認知心態的論點，加以嚴厲的針砭。傅教授呼籲當代儒家「不能再以『道德主體自我坎陷而為有執的認知主體』這種論調去看待理論性的知識探索。」這樣語重心長的話隱然透露中國本位的人文學者已然覺醒的信息。

儒家對中國文化的貢獻無與倫比，但自西潮東漸以來，在西方知識的強力激盪下，儒家的限度與弱點正不斷地揭曉，這對孔教信徒往往如當頭棒喝，驚破大夢；但傳統士人的固執習氣極不易清除，儒家善於與政治結合的特性（當然，如此的儒家是否還算是眞正儒家，頗值得懷疑），更吸引名利中人夤緣附會，壯大聲勢。儒家一直以知識為引玉之磚，但當他們進入心性殿堂之後，往往棄知識如敝屣，這本無礙於儒家之成聖成賢，成為中國文化的保姆，但對整體社會知識的開放及普遍，卻有十分惡劣的影響。看看中國民間所曾存在過的無數愚夫愚婦，由儒家所引領的中國教育成績就須大打折扣了。

當然，眞正的儒家並不反科學。朱熹再生，他應能賞識當今的格物之學。可是，儒家若繼續堅持其泛道德主義及泛政治主義，並以人文主義概括一切之學術，如某些新儒家總是以一些已失去開放性的學術語言輕易地打落其他不同視野的知識體系，其結果將是思想的僵化，人格亦將形同甲冑，一切外來的衝擊終將無能激起他們對自我的省思與對環境的回應。當然，落到如此光景的儒家並不多，如果能不斷點燃原始儒家的薪火的話，至少心靈不至於閉鎖。不過，當我們看到唐君毅先生以肖似黑格爾的姿態完成其代表作，除了震懾於其氣象之宏大，規模之壯觀外，身爲一個仍然有著旺盛求知慾的現代青年，竟有茫然而歸之感。或許，在儒家面前，我們是須暫抑求知慾的。

道德與知識絕非兩橛，儒家由知行合一至於重行輕知，應只是走向的偏差，而非根本的錯誤。我們承認儒家很有領導學術的本錢，但若投資不當，計畫不週，則一切的美意很可能完全泡湯。也許我們不該以一種學派去看待儒家，儒家人物也無侵犯別的學術的企圖。可是，一種「單元簡易心態」（傅教授語）由儒家有意無意地塑造，這對我們思想的活潑性與心靈的開放性卻極端不利。我們不願見思想的統一假象成爲政治野心的助緣，因此，若儒家能放下堂皇冠冕，換上色調較爲平和式樣較爲中庸的衣服，而和我們一樣地求知若渴，一樣地自慚形穢，那麼無數草民必將受到莫大的鼓舞。

七十五年四月二十四日自立副刊

孝的新典範

談忠論孝似乎是中學生作文的專利了。把忠孝當作一種意識型態並剝落其道德價值的人越來越多，就倫理結構而言，孝道也已不再高舉其不可侵犯的尊嚴。

日本桑原隲藏博士說：「孝道是中國的國本。」這話一點也不誇大。自古以來，孝道不僅是倫理之首，百善之先，更是治國安邦之鑰。如今，個人主義早已向孝道發難，小家庭的大批出籠更加速孝道的式微，而男女關係的不穩定則可能從根本敗壞父慈子孝的道德規範。家庭不健康又怎能安然地講究孝道呢？

反哺是天性，報本是大義，愼終追遠是傳承文化的重大使命。孝道在時代沖擊下依然是中流砥柱。人人皆父母所生，這是本然的命定，更是這一身存在的底基，須要我們時時回顧它。孝心是人性本然之善，若能予以無限擴充，以大愛愛社會，以大孝孝民族，則在無限時空中，我們便可找到一個恒常的據點。

我們可以從兩方面來看今日之孝道：

一、省思孝的深廣義涵：道德的可貴在其恒久的不變性，而孝正是最天經地義的德行。人性最早萌生的根苗卽由孝加以護養，孝道的實踐乃天性最眞實的流露。若有人不孝，是因爲他汨沒了天性，我們不相信有至死不悟的逆子。目前阻礙我們去深思孝道的主要因素是那些追逐個人享受的作風，以及因自私自利而不知感恩的錯誤心態。生命長流不斷，孝道卽是將個人生命投入此浩浩長流，以壯大人生之波瀾。我們可以設想：一個和過去恩斷義絕且無能翹首未來的人是多麼可憐，孝道使我們免於孤立，使我們得到先人的護持及種種文化遺產的照應。我們是該盡力堅持此一道德傳統，不能讓它在我們這一代不幸斷落。

二、重建新時代的孝道：在黑暗中燃起人性的光亮方是眞道德，重建孝道並不是十分艱難的工程。這是一項精神事業，只要我們人人自覺此一本性之善，時刻不忘我們生命的源頭，不丟棄我們作爲一個人的天賦，則孝道亦卽人道。當然，一些具體的措施仍是必要的：我們的倫理教育是須配合時代人心，設法建立起嶄新的孝的典範，古來二十四孝須予以重新詮釋，且有所揚棄，不可再依樣畫葫蘆了。而父母子女的關係，也須在各種衝擊下逐步調整。古來父母的權威形象必須有所轉變，兩代間最好有一均衡的穩定關係，以使孝道在穩定的兩代關係中永保順暢。

如此看來，新時代的孝將不只是教條的依循，規儀的奉行；新時代的孝子也不能再是百依百順唯唯諾諾之徒。守經達變，孝道須和現代人心緊緊相契，以愛心的發揚爲主軸，以人格的完成爲軌道，則孝道就將如天體運行，永不止息了。

七十五年五月二十八日自立副刊

無言之歌

講究收穫和成就是現代人生的主要特色。縱然沒有滿意的收穫，也常存一份企圖心，企圖那內藏的自我能自然成熟。縱然毫無成就，也時刻醞釀著成就感，在主觀的心境奔走呼號，至少能以微弱的回響自我慰藉一番。現代人並不必然在道德修養上遜於古人，但一種放任的情緒如潰堤般難以收拾，面對世間森羅萬象，一顆心的自我放逐正如宇宙間流竄的隕石，失去方向幾乎等同於失去存在的價值。

概括地談說人生，已然無助於熱衷種種精巧與細緻的現代人。抽象地追究人性，也無法體貼地踐履紛然雜沓的瑣屑世途。知識如自然生態，是已赤裸裸地呈露在灼灼的眼光下，億萬個跳動的自我固執其所有，揮灑其能量，知識的及時援手，適足以製造心靈的新課題。

知識有用，用在人身；而知識有害，害那將知識佔爲己有之人。知識的收穫不比金黃色的秋收，它那中性的色調如道清流，若以意念的巉石堵之，一灘死水是可能發出逼人的惡臭。至於知識的成就乃一切成就之首，說是文明的榮耀，倒不如說是人性一番新探索。許多人走在自己剛開闢成的知識小徑時，大多小心翼翼，惟恐掉落陷阱。

教人不去求知是罪過，但教人獵食知識以果腹充飢，也不是什麼高明的策略。聰明的人要詐，不聰明的人要賴，知識總在一旁吆喝，甚至充當狗頭軍師。當然，人生收穫多多，幸福會有正比例的成長；不過，企圖以揠苗助長的方式將自我抽拔而出，將那本須一塊心田承擔作保的自耕農，驅趕上繁華的街市，不僅徒然妨礙生存之道，喧囂中一顆腦袋將如遭蜂蠅攻擊，嗡嗡而來的只是一大堆知識的垃圾而已。

如今更有人以資訊爲收穫的大宗，以覇佔資訊、壟斷心念市場爲其成就舖路，這可能是時代的大憂患了。人人競相學習控制機器的本事，卻忘了去學習控制自己；大家在分秒必爭的高速中將知識打薄扭曲，以供形同光電交馳的腦波推送之需。於是講古的人不見了，現代的大旗下滿是吞吐新知識的青年。於是倡道德、說道理的博學鴻儒不見了，到處是身擁看家本領的大法師，他們的法寶不是抽象的文字，而是能使喚老鼠走迷宮的圖案設計。

爲學日益，誰能拒絕知識的饗宴？老子再世，面對科技的成就必當啞口無言。西洋十七、八世紀的樂觀主義者認定人可以無限度地求知，他們的結論是：人幾乎能夠無所不知。這種貴族的習氣，依然瀰漫於因現代科技而廝混成一團的星球上，作爲一個享受科技成果的世界公民，是不能唱反調扯文明的後腿的。不過，我們仍有權質疑：求知的目的何在？知識的意義何處尋？眞正的人生有沒有典型？自我如何能在兩手空空、家徒四壁的境況下，活得自在而有尊嚴？

大智若愚，正言若反。也許我們須以第三隻眼看天下，以第三隻腳支撐這個活潑潑的自我。恍然於自己的無知，放下肩上之重擔，解開身上的糾纏，或許是另一種全新知識的起點。而這種知識可能不再是可供吞食的。就讓我們先爆破意念的巉石，期待心上一道清流輕吟無言之歌。

七十五年五月二十九日中央日報海外副刊

政治神話

當代著名文化哲學家卡西勒（Ernst Cassirer）在其名著「國家的神話」（The Myth OF the State）中大舉剖析先民神化之源起及其本質，藉以窺透人類非理性如何塑造一個政治神話的曲折歷程，他強調未開發的野蠻人在「實行宗敎儀式或祭典的時候，不是處在全然的思辨或冥想的氣氛中，也不是沉醉於自然現象的冷靜分析，而是活在情緒的生命。」由於神化的功能是凝聚初民社會生活的功能，對無意識的本能式生活大有鎭靜之效。共同之情緒因發散而集結，須經象徵的活動，須有創作之意圖甚至成績，而神話則敎人以消極的方式接納自然事實之表象，是社會經驗的具象化，而與個人眞自由無所牽涉。

非理性的迷思形同歷史之暗流，波濤詭譎，非個人所能抗衡，再加上少數哲學家如黑格爾者流以看似崇高的理念把國家的權力予以理想化，政治神話的非理性力量居然被大量釋出，於是某些近代國家在時代的助力下以種種語言文字爲魔咒，以種種政治儀式對其人民進行催眠，新的政治神話乃大批出籠，而當自由爲人們所曲解，人們對自己自由的能力深表質疑之際，「所有的政治派系都向我們保證：他們是自由的眞正代表和守護者；但他們永遠是以自己的意義來界定這個名詞，並爲他們自己的特殊利益而應用它。」（卡西勒語）自由的眞義終遭壓制並被破壞，結果人們的個人的責任也被解除了。

卡西勒並未針對某一政治實體大加撻伐，但很顯然地，極權主義是他企欲擊倒的對手。他教我們應該仔細研究政治神話的根源、結構方法和技術，唯有勇敢的面對，以整個文化的力量對付它，這股非理性的黑潮才可能消退，也唯有在神話的怪獸被摧毀之後，人類的文化與社會生活才可能獲致恒常的秩序，就眼前而論，人類的文化並不堅定，也不穩固。卡西勒呼籲我們須一致奮起，準備接受激烈的衝擊，並應以更謙卑的方式，來對待任何偉大的文化成品，包括那些自稱是「永恒的財富」的思想結晶。

此地，是否也有政治神話？是否有人在私利的牽引下來界定自由？是否有人在已然放棄個人責任之後還把難以負荷的重擔放在別人的肩上？或許，此地仍有諸多弔詭在政治體系的運作中不斷浮現，所有獨立的個人尚未受到普遍的尊重，理性的力量仍時遭扼抑，而非理性的情緒卻一再被慫恿，如果所有的政治人物能時刻深刻的反省，發現一顆心不幸爲來自文化黝暗底層的潛意識所縛，便當拚打出來，迎向清明的理智；而不再是烏合之衆的人民也應擺脫情緒的糾纏，突破社會習氣的封障，以創造性的力量運用思想的自由，宣揚生命的尊嚴，則渾沌未開的心魔就無法幻現其可怖面目了。

有計畫的編造神話是比亂扯謊言厲害多了。民智已開，欺騙人民將自食惡果，古聖王下詔罪己，悔過納諫，仍爲新時代新領袖必須切記的典範。當錯誤公諸於世，最好的自救機會乃隨後到來，君心人心無所間隔，唯民主體制有此神通。如何和異己一同堅持民主，一同翻轉傳統向現代，搓揉人心不使痲木，而不再以非理性的方式高談理性，並在相互對話之餘，並肩平視向遠方，這可是智慧了。

七十五年六月九日自立副刊

種子落地

勇敢地向昨日之我挑戰，乃生命成長之壯舉，然若因此阻絕生命涓涓之細流，就十分不智了。

在這快速躍動的年代，每一隻手急於把握此刻，每一雙眼正欲探視未來，過去乃形同長尾巴，時惹人厭。

若把根株當作是進化的殘餘，可是莫大的錯誤。在官能所能接納的光明之外，總是黑暗棲身之處，這是人類渺小的證據之一。生命的根也總紮在過去的黑暗中，且喜在人們的背後迤邐盤繞，說它是無名英雄，仍不足以道出它的苦辛。

歷史文化的根深埋於億萬人共同的性靈中，我們所能領略的人世風光，往往只是枝葉招展的綠意罷了。進步是一場又一場的迷人的夢，我們便似猿猴，升降於一棵棵文化大樹上。雖然我們急於劃清人和猿猴間的界限，但人的定義並未因動物性之減少而更顯崇高。魔有魔繭，人更善於自縛。當血脈再也供輸不到九土之下的根柢之際，自我陶醉就形同自我痲痺了。

個人也可能有莊嚴的歷史。和過去恩斷情絕，不是愚癡，便是狂妄。欠缺回顧個人生命史的本事，對小生命內裏的種種活動十分不利。一切有意識的作爲皆須在自我開放的歷程中，高舉光燦燦的大旗，一種強烈的歷史感正是打開重重生命關卡的主導力量。飯來張口，睏來伸腿，似乎是本能；但此一本能已經時空意識的洗禮，小小一個動作都是堂而皇之的生命理由。如果我們無法串連刹那成綿延的生命流動，無法銜接方寸之地成無垠的廣袤，我們就將眞正落入「巨獸回返」的時代了。

當代是人心振奮的時代。人心因現象更迭而振奮，振奮之餘，理應有冷靜的時候。歷史發散冷冷的清輝，如遠方之燈火，而人們的距離感也太強烈了。歷史容不下火辣辣的新聞人物，歷史和新聞之間，遍佈著弔詭。一冷一熱之際，人心需有相當的張力。如今，新聞充斥，熱血沸騰。當那不再聚合眼光的事實輕輕移入歷史的庫房，這顆心所能有的內涵將是些什麼呢？

每一個人都是創造歷史的人，環境的限定不可能損減這創造的意義，而眼前流波閃動，正所以助成生命成長時的輝耀。我們不能畏懼過去的黑暗，我們須有如此的假定：光明若需視覺網絡的鑑定，其亮度就不敷生命內裏的深廣之需了。以稍縱即逝的事物裝扮自己，乃少年情懷；成熟的定義可能是：將縈繞心際的稍縱即逝的感覺除去，使和熱情牽結的事物不再啃嚙陳腐的空氣。歷久彌新，看似陳腔，其實意味不盡。

問題乃在：如何能歷久？如何能接納自我而接納一切之過去？可能，每一個生命園地的老農都有答案，只是他們的言語總在風中翻飛，而種子落地，誰有耐性看它掙破蓋地的殘雪？

七十五年六月十日中央日報海外副刊

知識與愛情

爲了化解求知可能帶來的對人格的傷害，老子走出「爲道日損」的路徑。宣說種種知識的言語，因此爲老子所揚棄，彷彿在靜寂沉默之中，生命才能耀現其奧妙的光采。自古生命的動態辯證，在老莊哲學中確立了大方向，對立衝突甚至矛盾，（其實在自然狀態中並無眞正的矛盾，矛盾往往只是邏輯思維的副產品）經由包容與互補之道，終能在凝聚人生全部意義的理想光照下，如波浪之歸恆久脈動的大海。

高度玄想和劍及履及的實踐之間，我們難免疑慮，難免以個人天賦之知性去推敲生命之門。如此，生命之分割與血肉之淋漓如車輪輾泥濘，多少驚心的場面便一再出現。若理想之我答我以眞誠，則現實之我就可在信仰的導引下，走向自我滿全之境。

知識的懷疑和愛情的信仰，於是成爲心靈的辯證，理論性的困惑祇是個端倪，對生命內裏深深的省思，才是研磨智慧的回春妙手。對大部分游移徬徨之人，縱浪大化是自我毫無保留的投入，這和火浴鳳凰同樣壯烈璀璨有光。如此，愛情的殿堂將香煙繚繞，高遏行雲的歌聲如刺鳥的鳴囀，其中滿是信心的晶瑩。

赫塞在「知識與愛情」這部小說中，以象徵知識的納西斯 (Narcissus) 點醒象徵愛情的高德蒙 (Goldmund)，而納西斯同時從高德蒙得到心靈深化充實的高度滿足。納西斯對高德蒙所說的一段話，充滿老子的理趣：「沒有路子可以讓我們走在一起……我說的是眞心話，我們註定無法在一起，正如日與月，海洋與陸地。親愛的朋友，我們便是日與月，海洋與陸地。我們的目的並不是在變成對方，而是要彼此認識，學習去了解對方，並尊重對方，彼此是對立者及補足者。」

赫塞這兩個虛構人物，其實時刻活在我們的心中，我們的生命中，並且在人羣中形成兩股勢力。一冷一熱，一開一闔，知性和感性是分明涇渭，但人生長流兼容並蓄，那些各自堅持、互不讓步的人，就彷佛各踞岸頭使勁拔河，彼此的叫囂絲毫激不起一紋細浪。

彼此欣賞，彼此學習至於彼此結合，並不是互相遷就，而放棄一己生命之尊嚴。知性的開拓乃不斷深化的理解，知識不是拘泥式的答案，而是解決種種生命問題的妙方。它的內容須由全副心神予以融通，那浮於言語文字的線索，仍須以眞誠的思慮交織成張張光網。理想不能任其在熱情蒸騰之下，爲霧氣所模糊，我們的眼須明、耳須聰，如此，才可保住彼此的純眞，盲目的崇拜或不合理的委屈，實乃知性之恥。

至於愛情，則非以一己生命縱身投入不可。人不僅須有愛，更須在愛中有我有人，以進於無我亦無人。莊子「忘乎道術」，是對宇宙大生命的大愛所致。就以男女之愛為例，在渾然成一體的感覺中，仍須分判你我，保持對另一個個體的清晰意識，不許任其消退。

沉默之前，談吐是美妙的助緣；先去理解愛情，才能忠誠地去愛、忘我地去愛。一些褻瀆愛情的人，多是在愛情的信仰中，無端漠視自己的知性，同時睜眼不見對方一點理性之光。

知而後愛，愛而後能知。眞知方有眞愛，眞愛以眞知為前導。當我們費心於知識，並陶醉於愛情之際，該多所追懷納西斯和高德蒙所豎立的偉大風範。

七十五年六月二十二日中央日報海外副刊

反智的詭辯

二十世紀初期的人文及社會科學，有顯著的反智論（anti-intellectualism）傾向，其中最主要的兩個代表人物是：強調反射作用的巴伐洛夫（Pavlov）及開挖潛意識的佛洛伊德。克蘭·布林登（Crane Brinton）曾對「反智論」下過一個相當中肯的定義：「基本上，就我們使用這個名詞的意義來說，反智論者不認為思想這個工具是壞的，但在大多時候對大多數人而言是脆弱的……反智論者只不過認為思想似乎經常受慾望、感情、偏見、習慣、制約反射行為以及人類生活中其他許多非思想成分所左右。」（採自赫屈的「人與文化的理論」一書）

布林登所謂的「思想」，其實已包含理智的一切作用。人類理智的獨立性及客觀性，在十九世紀得到最大的尊重，當它彷彿已爬上知識頂峯之際，「獨立高峯望八都，黑雲散後月還孤」（呂純陽詩），人在整個宇宙中卻益感孤獨迷茫，理智的脆弱及有限性乃逐漸暴露，反智論的興起是有其時代背景的。

它在哲學上所鼓起的浪潮，是由歐陸引發並曾風靡一時的存在主義，文學和哲學間的距離於是大幅縮短。沙特卽拒絕把哲學和文學分開。根據西蒙．波娃的描述：沙特對形而上學的爭論是不屑一顧的，他對政治、社會問題顯然要感興趣多了。波娃也如此下結論：「人類理智的矛盾在於無法達到他存在的水準。」這是人的根本限定之一。若以東方的術語來說：能知和所知之間，似乎永遠有隔閡，「體用合一」，也永遠祇是個純理念的大夢。

然而，更大的弔詭是：任何澈底的反智論，其實都是以一種理智樣態反理智，以一種生命情調反生命。就如同無法自拔的懷疑主義者，以懷疑之刃挖自己的命根。除非能將反智論在理性範疇中作適當的定位，如布林登所下的定義，否則，讓學術圈外的人大唱反智論，對整個文化是十分不利的。

很不幸的，中國的反智論就一直在現實邊緣興風作浪，引起極端不信任理性的怪現狀，終於釀成家國巨禍。不思不想，以逃避思想的冲擊，盲目地信服權威，以減少心靈的自我掙扎。得到的只是一時的平靜安定，卻可能招致更大的痛苦，而且是整個人羣一起受苦。

也許我們該有這樣的基本假定：鼓勵人去思想，乃進步之契機，而沒有一種思想是可怕的，祇要有一個思想交流的空間。承認思想並非萬能之工具，一個思想的人並沒有如神明一般能測知未來的本事，這可用以保障民主體制，以防獨裁者出現。而許多獨裁者也都善於利用反智論以壓制民意，因他們懂得乘虛而入，擊碎那些荒蕪理性園地的園丁的自信心。這就是反智論的詭異，也是任何反動勢力必須知所節制的最大理由，因爲許多反動者，竟都是反智論者。

對理性的信心，是樂觀進取的原動力，任何的思考其實都在我們廣大的心量之內。並且，我們須在知識成型之後，在不斷深入理念世界的同時，保持自覺自信，對我們內在的一點靈光。祇要不被人縱火燎原，何妨讓思想如鳥雀般翱翔於生命的大叢林，一切非思想的成份，不過是腳下不露頭的土石罷了。

七十五年七月二日中央日報海外副刊

太卜的話

最近在某報第四版出現了全版的相書的廣告，名爲「世界命理特刊」，看似新聞報導，還有「編者前言」，其實是某山人自吹自擂的廣告。我們不願對傳播工具登載如此廣告的作法加以批評，但區區數百元的一套相書竟有買下全版廣告的大手筆，已多少可反映如今之世道人心。

相命之術由來已久，幾乎沒有人不對它有所好奇。就如那相書的廣告詞所說：「相命顯然是個社會相當普遍的活動，也是到處都會聽到的話題。」不錯，每一個人對自己的未來總是有所不知，而且總希望能預知並以個人的力量加以引導甚至控制。這樣的心理十分正常，本來不必然產生問題，而所以會有問題，大多由於對自己及世界的認知有了偏差，乃導致人生態度的謬誤，甚至到了不知如何善待自己的地步。

最有害人生的觀念就屬宿命論了。我們反對宿命論，並不表示不承認超乎個人的力量的存在，也不表示人對自己的一切能瞭若指掌。個人確實渺小、脆弱、卑微而所知有限，就以現代社會而論，要在千門萬戶中尋找一處棲身之所，要於茫茫人海中肯定自我走穩自己的腳步，眞是談何容易，可是，雖然吾人身外的一切如同地心引力與大氣壓力不斷拉扯擠壓我們，再加來自不同方向的風不斷地吹，我們是不能不痛苦，不能不搖擺，也不得不努力突圍，衝破各種關卡。但我們該如何突圍而出？如何抉擇每一次回應的挑戰的行動？這可是江湖術士能指點的迷津？可是拿一套相書當法寶就能安枕無憂的嗎？

屈原被放逐三年之後，心情苦悶，思慮混亂，不知何去何從，於是他去請教太卜鄭詹尹，問太卜孰吉孰兇。由於屈原堅持道德的崇高原則，不願高潔的人格爲世俗所汚，這種高視闊步正直向前至死無悔的道德勇氣，逼得太卜放下蓍草感嘆說：「夫尺有所短，寸有所長；物有所不足，智有所不明；數有所不逮，神有所不通；用君之心，行君之意，龜策誠不能知事。」這是對宿命論極有力的質疑。雖然屈原終於自溺，但這並不表示他屈服於命運，反而是向命運之神的嚴厲抗議，因爲他不向惡勢力低頭，不依附流俗苟且偷生。屈原的精神不死，而宿命論者往往隨草木物化了。

所謂的「命運」，常假世俗的力量逞威，因此宿命論者總是經不起現實的打擊而放棄個人的理想，甚至改變個人的志節。在這個熱中功利，求名拜金的工商社會，許多人所關心的命運常只是養身的資糧與個人的禍福，這樣的心態必然助長已然下墜的各種不良社會習氣。「數有所不逮，神有所不通」，那些山人奇人可以休矣！那些秘笈異書可以毀矣！我們還是老實的誠懇的承認自己的無知，讓天機蘊藏於吾人天眞的性靈中，以純淨的心迎接未來，用包容的態度包容週遭的一切。如此，我們可能會活得快樂些，自在些。「用君之心，行君之意」我們凡事用心了嗎？決意而行，又何須多所徬徨？命運乃觀念之投影，還是反求諸己，將一顆心細細檢點，較有助於趨吉避凶吧！

七十五年四月二十一日西子灣副刊

新的圖騰

子不語怪力亂神，乃十足理性的態度。雖然孔子也有如此的讚嘆：「鬼神之爲德，其盛矣乎！」但他依然透過傳統的祭祀來傳達其對不可知的世界的敬意，並以此敬意保持人與鬼神之間的距離。「君子戒愼乎其所不睹，恐懼乎其所不聞」，中庸首章似乎點出：知識的終點是道德的起點。知性的謙虛爲德性開出了堂皇大道。中庸又云：「莫見乎隱，莫顯乎微。」所以隱微，因其超感官超思慮。對隱微的世界的重視，卽來自於理性適度的矜持與保守，而這和神秘主義是不可相提並論的。

易傳：「神而明之，存乎其人。」，「知變化之道，其知神之所爲乎！」，「精義入神，以致用也。」所謂「明神」，「知神」，「入神」，其實都是吾人心性潛能之發揮，都指的是道德修養進入「聖而不可知之」的化境。在儒家格物致知以明善的學統之下，吾人心性得到極佳的照顧，而心性也一直以理智爲樞紐，雖然儒家始終未能以科學來養護理智，但在人倫事理之中，理智卻終能保住自身之立場，不致淪爲一時一地的工具。如此，宗教的過度狂熱乃爲儒家人物所揚棄，鬼神之蠱祟只能在未開的民智中蔓延。

很不幸的，在商業主義的煽動下，現代的聲光化電中竟有了魑魅魍魎。在我們可愛的下一代眼裏，竟無端出現了可憎可厭之物，這很可能是極端有害的教育方式。我們的學校教育本來就欠缺自由思辨的風氣，對那使人能自知自信自尊的理智，教者和受教者之間並未有良好的默契。目前，這兩條路徑已漸有相背離的趨勢：自然科學教育崇尚具體實物及經驗證據，而自然科學以外（以上）的人文教育卻籠罩了神秘的氣息，心靈的開放性乃不足夠。形上和形下的兩橛是越來越難拼合，於是迷離的眼神就在迷離恍惚的光影中更形迷離。

如果宗教的莊嚴肅穆能對孩子的無知有所安撫，鬼神幽渺的境界能抑止過分狂熱的求知欲，那麼我們大可鼓勵宗教教育，而若我們的電影界能出現如同柏格曼「第七封印」探討生死的作品，那就十分可喜了。可惜，跳躍的僵屍並不討論生死問題，膚淺的娛樂片又怎可能有宗教意味？如今在法律許可的範圍內，文化力量依然可以進行適度的制裁，對那些反文化或過分世俗化的東西。天眞的幻想需有優美的背景，離奇大夢也該有清醒之時，如果一味以滑稽的姿態討人喜歡，甚或以醜惡的形象驚人心魄，那就可能闖禍了。

相信任何大人皆不忍心自己的孩子爲夢魘所困，或其正常之思考力爲無端的想像所擾。何況傾巢而出的怪物原本是規格化的產品，並無刺激高度想像力的本事。在學校教育已嚴重欠缺支應鬼怪之說的理性力量之際，若再任鬼怪現形，推落了人道，斲傷了人性，則吾心神而不秘的妙用將遭不當的壓抑。到了人人忘卻自家寶藏，祇是一味眩奇迷惑於虛幻之物，可悲的結果將是求知的正途堵塞，思辨的能力受損，而唯實物是崇，唯表象獨尊，高明博厚的人文氣象將終無再現之日。在此，我們不得不說：「僵屍的狂熱可能演成新的圖騰。」最後連宗教的情懷怕也要大幅滑落了。

七十五年七月七日自立副刊

美麗的石磨

批評是知性的表現。輿論的抬頭，民主的作風，思想的交流以及開放的風氣在在鼓舞人們揮發知性之光，以照落人心爲身影所遮蔽的幾許幽黯。有批評才有進步，已幾乎成爲金科玉律。拒絕批評，也得設法將批評之劍挫鈍磨損，盡力扭曲批評者的形象，並在批評的內容加油添醋使其變質，才能安然寢於批評的強光之中，當然，這又是一種新本事了。

首先，我們須以責備賢者的態度要求有權批評的人除了鍛鍊批評的技巧之外，還須時刻心存一份欣賞之情，對那些無所逃於天地間的人物。其實，誰都可能是衆矢之的；只要現身露形，便可供人評頭論足。我們也都是批評者，獨立自主的身份使我們同時擁有發言權，縱然理智時或昏沈，一顆心可能冷熱不定，但敲擊誹謗之木並不須多大的力氣，把種種隱私撥開掀起也不必有多大的學問，於是市井之間流言紛紛，連咫尺之間都可能炮火連連。只是眞正的批評不多見，卓越的批評者在拿捏言論尺度之際總還有些許情緒干擾，或其他有礙正確思考的因素蠢蠢欲動。

知性易流於冷峻甚至冷酷，如果溫熱的情性不同時予以護航的話。同情憐愛是情性的極至，在直接的親密關係中，最好闔眼沐浴於人人交相推送的優美的波光裏。古人「澡身以德」，此德即是純然的愛的造化。古人日新又新，乃人性根本的變革一路邁向至善的理想。這是以情性包圍知性的作法。而此情性絕非某一感官之作用，實是以個人全副生命投入宇宙大生命中，並不斷追本溯源的整體運作，彼此和諧至於完全結合是其最高境界。

所有的批評必先設定對立的局面，而一有了對立，雙方情感之交融便難得圓滿。自覺在進步的階梯間，也已認定人生永無終點，永無停頓之日。因此，批評者實不可有狂熱的完美主義之情愫。如何使知性接受情性的撫慰，當批評可能變質之際，就須有轉圜通融的智慧了。一方面獨樹個人之尊嚴，一方面包容別人並向別人有所討教學習，一種欣賞的態度便油然而生。欣賞介於情性和知性之間，它取情性之熱以使知性不至於冷硬尖刻，並用知性之冷來維持情性專注不渙散。適度的人與人之距離，對各人之獨立性十分有益，而理想的結合便不是混淆不清的糾結了。西蒙·波娃論及夫妻關係時說：「理想的結合，應該是兩個完全自足自立的人，基於完全自主的互相愛慕所組成的，絕不單單是互相接受。」然世間之愛常有侵略性，而求知的動機也往往有傷及認知對象的企圖。相互的欣賞正可以相互的學習，在不委屈自己又不損及對方的情況下，吾人當能不斷地轉化生活的意義，並提升現實所予吾人的生命內容。淡如水的君子之交是相互欣賞的典型，道家和光同塵的處世態度更是人羣理想性結合之鑰。如此看來，友情是比男女之愛更能融情性知性於一爐，人生智慧總是在切磋琢磨之際閃現，平等開放的相互主觀性正可以培養民主之風，其間便以相互欣賞的美麗心靈爲轉不離心的石磨。

七十五年七月十一日自立副刊

知識趣向

法蘭克福學派健將哈伯瑪斯（Jürgen Habermas）在「知識與人類趣向」一書中提出新的知識論，認爲構成知識的趣向有三種：一、技術的趣向，這是根據物質的需求與勞動而來的；二、實踐的趣向，這是介於個體，以及各團體之間的溝通和理解；三、解放的趣向，這構成自我反省或批判的知識，而由權力的壓抑下解脫出來。

哈伯瑪斯如此追究知識的源起，乃是爲了反對科學主義，同時爲了解決客觀事實與主觀決定之間的二元對立。這樣的知識理論已和傳統哲學的知識論大有異趣，而有其接合哲學和社會學的強烈動機。巴托莫爾（Tom Bottomore）發現哈伯瑪斯的主要關懷卽在於找出哲學和社會學之間的某種接合點，而哈伯瑪斯以「合理性化」（Rationalization）作爲他對現代社會進行分析的焦點，便由哲學提供基本之規範。

在此，我們反觀國內社會科學之發展，及由社會科學所引領的某些社會運動，「合理化」已漸成氣候，至少已是不可侵犯的重要準繩。關心社會問題不再只在使命感或勇於擔當的氣魄上打轉，熱烈的情緒或飽滿的意志，已不足以驅動學者專家走出研究領域，而非概念性的經驗範疇才是大家胼手胝足之處。這是十分可喜的現象，合理性化的趨向，勢必使五四反傳統成爲上一代的夢魘。

合理性化必須透過語言的使用及溝通的行動才可能達成，它是一個動態的過程，不僅在於人與人的合作關係中，也在於知識的層級遞進。很不幸的，我們發現國內關心社會現實的某些學者，並未能自覺地提升其知識趣向，在「下迴向」之後，未能有精神的「上迴向」，以至於理性備嘗艱辛，總須在技術與工具層次上花費過多的心思，而當足可鳶飛魚躍之際，卻顯得力不從心，氣象不似古往大儒。

就哈伯瑪斯的三種知識趣向看來，我們實可堅持實踐趣向，往下拉拔技術趣向，往上則可逐步邁向眞我，而達成大學新民以止於至善的境界。在我們這個權力架構尚保充分彈性的社會，學者專家似應先行在廣大的思想領域中自我超越，以免停滯而墮落。

社會科學汲汲於經驗知識的整合，卻因此冷落了本爲人文主導力量的哲學，這也是國內學術界存在已久的鴻溝。就國內兩大哲學雜誌看來，一偏重中西傳統哲學的理論重建，一高倡新儒家的人文慧命與精神傳承。二者皆未能善用哲學之寶貴資源來和社會科學進行理性的對談，我們一大羣嗷嗷待哺的知識分子乃覓不着解渴之泉。「道術爲天下裂」的局面如今猶在，形上與形下，在人人心中依然是難以拼合的兩橛。

此外，法蘭克福學派的遺憾——忽略了對經濟與社會史的研究，仍然是國內學術界的遺憾。我們本土學術遲遲未能建立在自家文化的命脈與根柢上，欠缺歷史的反省與回顧是主要原因。學術要有生命，是學術本身要有活動的生機，不僅要活在眼前，而且要活在歷史文化中。我們不匱乏診斷社會現實的醫生，但在深廣的人文與精神領域卻鬧嚴重的醫生荒。

設若人人本着高度的歷史意識，一起清理出貫通過去現在未來的時間通道，則一切的批判便較可能落實，所有的社會衝突也將較易安撫弭平。

七十五年七月十六日中央日報海外副刊

低能，不低能

最近和學校一位敎法文的法國籍老師閒聊，得知她曾在法國從事低能兒敎育，達十二年之久。她喜孜孜地談起那一段敎育生涯，興奮不已的說：「如果目前在臺灣，有讓我再度和那些可愛的孩子在一起的機會，我一定立刻放棄目前的工作。」聽着她一口如法語般輕柔的國語，我也分享了一些她直抒懷抱的興味。

不知國內低能兒敎育（啓智敎育）的發展如何，只是最近曾看到一些令人不悅的報導，而官方和民間對低能的認定標準竟大不相同，導致國內低能兒的確實人數尙在未定之天，這是有幾分可笑的現象。曾直接向臺南啓智學校的一位資深敎師請敎過，他很感慨的說：「從前我們招生，得四處去拜託家長，請他們別把不幸的孩子留在家裏。如今，每年有上千人排着長龍等着入學，而總是有一大部分被拒於門外。」這表示我們的家長已逐步跟上時代，曉得孩子低能並非家門之羞，而這也表示我們的啓智敎育仍須大力推動，因爲還有不少亟須愛心照料與智巧啓廸的孩子被無端忽視。

孔子的話：「唯上智與下愚不移」，是不可任意應用在教育理論中。就天生我材的平等觀看來，任何人都有權利接受教育，只是不可能是同樣品質的教育。特殊教育在我國並沒有很長的歷史，而其發展除了和專業之人才與制度息息相關之外，也和國人的觀念有所牽連。國人普遍的宿命觀就嚴重摧殘着從事特殊教育的信心與毅力。天生的殘疾絕非無可奈何之事，而短時間的後天的努力一定可以多少改變長時間的天地的造化。追根究底，少數人的不幸實乃多數人的責任。他們不是拖累，而是人人須一同承擔的共業。我們可以假設人間是一大能場，有人一落其中，便爲某些絕緣體所阻隔而分享不到生命之能，以製造快樂與幸福，對於這些如拒馬般橫梗於人道中的障礙物，我們應協力予以去除。可憐的孩子屬於大地，似一粒種籽，縱然萌芽茁長不易，但陽光和水份並不棄絕它們。低能的孩子與自我生命掙扎於人與動物的分界線上，他們的腦波疲軟無力，意識昏沉，是連夢也做不了，但他們仍大有希望，有希望淸醒過來，享見此世之美與善，只要我們對他們懷抱信心與希望。愛心加智巧，便是無比強大的精神能，便能使疲軟無力的孩子因此振奮起來，而不再是錯誤思想與行爲下的犧牲品。

又想起那位法國籍老師的話：「和那些孩子在一起，眞有趣。你可以從他們身上學到很多，而你教他們的方法也因他們各種不同的表現而不斷改變，你便因此有很大的快樂。」孟子以得天下英才而教育之爲人生三樂之一，如今，我們則應以得低能兒而教育之爲教育的一大重點，我們是可把花費在升學導向的教育上的一些心思，轉移到升學管道之外的敎育領域。筆者有一個遠親的孩子唸某小學的啓智班，去年突然自殺了，直接的原因聽說是：那個孩子在學校吵鬧而被老師處罰，並因此被拒於校門外。這個眞實的故事可以提供我們省思：誰才是眞正的低能？而人類心智的高度開發又是何景觀？可能，這就是所有低能兒想問而問不出的問題。

七十五年七月二十六日西子灣副刊

自我教育

以數千年來中國人從事教育的偉大績業，足可構作出一大本的「中國教育史」。在孔子的多重身分中，最持久也最耀眼的，便是教育家了。當然，教育有廣狹之分，狹義教育以一定的科目與設施作投資，在學生身上有所回收，孔子的三千弟子、七十二賢人，乃有形教育的碩果。

廣義教育則以全民爲對象，不限科目，亦無固定設施，以春風化雨般「潤物細無聲」的潛移默化，由思想教育帶頭，道德教育掛帥，化民成俗，興國安邦。如此偉大的教師，人人皆可私淑之。教育的場合無處不是，教育的管道無時不暢，這是孔子的教育理想，同時是中國文化精神緜延彌佈的主要方式。

論教育的廣狹，往往只着眼於教育的功能與成效，若論其本質，則一切教育皆應是自我教育。斐屈克 (Edward A. Fitzpatrick) 在「教育哲學」一書中爲「教育是什麼?」提出個人的看法：「教育是經驗的重建，個人精神的革新」、「教育旨在提高一個人的生活素質，使其走向生活意義的最高觀念」、「教育是一個人生活的自我指導」、「唯一有效的教育就是自我教育」、「每一個人就是他自己教育的動因，教師不過是輔助者而已」。

斐屈克並爲教育下一個十分精到的定義：「教育是一個人自我指導的力量，利用一種方法重建他的經驗，並革新他的精神，來達到人類生活方面最高的社會及精神目的，藉以儘量實現每一特殊個人在其教育環境中的潛力。」

至聖先師也不是萬能的，「不憤不啓，不悱不發」，啓發式教育乃最典型的教育，而必須受教者自覺願意受教，亦卽有強烈的學習意願之後，教育者才能應機設教，因才施教。自我教育首在振奮腦力與心力，使兩者在個人生命中結合，成爲引導個人成長至於獨立的中樞。波達洛玆（Heinrich Pertalozzi）說：「教育的意義就是整個人的發展。」這和我大學新民之敎並無二致。自新新人，朱熹解「親」爲「新」，是有其深諳教育眞諦的洞見。

教育發達不只在於受教者的數量幾同於全數人民，更在於每一個自我因教育而活出意義與價值來；由自然人到文化人，其間是教育的造化。布契納（Buchner）說：「人僅能經由教育而變成人。」古聖王把政治與教育緊密結合，且將教育之焦點放在道德人格上，發揚德性的光明，不僅爲了發皇自我生命，更爲了點燃意義的火把，以驅除崎嶇人世的種種陰影。中國的政治理想不止於人人生活得好，且更上層樓，希望人人修養得好，人人自新，以使國命維新。如此通透之說，已然將教育當成中流砥柱。

如何把教育理想，化成每一個受教者自覺自知的靈光；如何使獨立的個人，順利發展其人格的完整性，以有助於社會生活，如何在德性的內省之後，又能以知識健身，用才情潤心。這都是今日教育的大課題，也是任何一種教育所必須解決的根本問題。

我們談了太多的教育科學，卻少花心思在教育哲學。因此，我們的教育理想和教育界的種種現實之間，有了相當的差距，而千萬受教者的茫然，難免遮住了少許人性照落人羣的光明。

七十五年七月二十八日中央日報海外副刊

盜能者

沒想到天下竟有此一盜，世界著名的神經精神科醫生施飛加·卡拉高拉（Shafica Karag-ulla）在她的「突破到創造力」（Breakthrough to Creativity）一書中提出所謂「盜能者」，她說：「有些人似乎無法從四週的能海中，吸取自己所需的能。他們從四週的人們當中抽走別人的能，以補自己的不足。……這些人也許完全不知道他們會拉走別人的能，他們只是發覺：跟比較重要的人在一起時，會感到好過些。」

原來人與人的接觸不僅在於軀體之間，而是在一大能場中，人人交織成一片光網。軀體是可能被穿透而交疊的，如果精神能量夠大夠強的話。卡拉高拉此種以能場解釋人間的論調，雖仍只是準科學的發現，卻隱然有重大的啓示，特別是它和東方哲學、宗教有不謀而合之處。

卡拉高拉認爲盜能者都是自我中心主義者。生活是能的放射、流通和交換，如果是一個自由平等而開放的社會，那麼盜能的事件將減少。若人人皆是一光采耀眼的珠子，而世間便似天帝珠網，光明無量，幸福亦無量。看來盜能的罪過遠超過盜財，因爲盜能者放棄了個人的尊嚴，且侮辱了生命的尊貴。那些喜歡跟比較重要的人在一起的人，是得好好反省了。

放射個人生命之能，卽是奉獻自己之所有，生命的意義在此。愈出愈多，愈多愈出。任何型態的自我封閉，都將造成嚴重的內傷；輸血是一大功德，而內出血則是極端危殆之事。

我們既以精神能相交通而共同生活，並因此凝聚成一大社羣，便不能僅止於「相濡以沫」。我們都是自由自在的魚，誰願意終日泅游於泥濘之中？有人未能以明敏的知覺向這廣大的江湖試探，他們被終將成幻的形體縛住，而未能發現精神力量才是眞正的創造力量。人與人的結合，唯有從生命內裏釋放出流動不歇的脂膏之後，才能永固。生命的脂膏絕非空喩，而是所有體認及生命意義的人，甘願化身爲磨，以滴滴取得的。

誰都不能是盜能者，誰都不能讓這一身成爲一個空無一物的漏斗。我們至少要是一條管子，平舖於地，其中永遠流動着各種型態的能。我們不必是重要人物，但也不能自慚形穢，不能活在所謂「重要人物」鄙夷的眼神中。孟老夫子「見大人則藐之」的氣慨，可算是徹底的自覺、自尊與自強，自覺自己有能，且以自己之能，維持起碼的自尊，並因以自強。

原來大丈夫是力能轉化自己的人，轉化自己成爲無所不在的光。「天不生仲尼，萬古如長夜。」孔子是中國有史以來最大的發光體，至今未嘗稍減其發光之能。我們至少要發一點光，以照亮眼前路，因身邊的黑暗而迷茫而躓踣，實在是不必要的事。

現代人已能利用自然之能（主要是物理能和化學能），變現出一座座繁華無比的不夜城，但卻仍未能充分利用自己固有的精神能和情感能（情感力量，通名是「愛」），以變造自己成一尊光潔無比的琉璃眞身。盜能者可憎可恥，而可愛可敬的造能者蹤跡何處？雲深不知處，我們就是那個童子，曉得可愛，祇是還欠缺可敬的修爲。

七十五年八月六日中央日報海外副刊

真正道家的復活

項退結教授在「哲學系一個班級的宇宙觀及人生觀」短文中公開他的一項發現：道家宇宙觀深入人心，可能相當普遍。筆者現任敎於專科學校，也有大體相似的發現。

除了中國文化傳統潛在的影響力之外，國人宇宙觀所以會以道家自然主義爲大宗的原因，確如項敎授所說，首推我們的科學敎育。可以說，自西潮東漸以來，中國的敎育一直由科學掛帥。科學之助長自然主義，其理至明。再加傳統文學藝術推波助瀾，使大多數未經西方宗敎洗禮的中國人直接將種種自然律移植到個人的宇宙觀裏，這本是十分素樸的現象。如此，宇宙乃不需有主宰，甚企圖以人的力量獨撐環宇，而汲汲於個人心靈之解放，以打倒意志性主宰爲能事。近數十年來中國青年之反宗敎，憑粗淺的科學素養譏一切之宗敎爲迷信，道家情調的宇宙觀可能是一隻看不見的手。

堅持天地有道，對人文發展其實相當有利。若能將天地之道適當地安放在個人的生命裏頭，則生命便將有無窮的動能。道是生機所自，它能消融一切的衝突，使人在天地間獲致莫大的自由，這對講究入世竅門，注重實踐實效的中國人，應有甚多好處。不過，檢查一下我們的民間信仰，由泛神至於多神，愈轉愈下，越演越烈，傳統宗教的格局並未有較大的開展。這也證明：欠缺人文基礎的科學教育並無助於人生情境的淨化高尙化。在這一代中國人身上，科學細胞十分活躍，而宗教情懷卻日益下墜。如今，連道家宇宙觀也遭到無情衝擊，去其精華，留其糟粕，這也是一大不幸。

如果一般人近似道家情調的宇宙觀未能扭轉世俗物化的趨勢，對無神論調無能予以破解，則是値得我們重視的大課題。其實，原始道家的眞精神已十分罕見。如今，我們應該運用哲學理論從事思想的重建，以縝密的思索重整渙散的心靈。眞正的道家絕非和稀泥的角色，也絕不是醜陋現實的幫手。如果欠缺一種嚴正的人生態度，則那些披掛道家神秘外衣的文學藝術所渲染的美，很可能爲感官「旦旦而伐之」，終於消失。另一方面，道家宇宙觀並不排除道德成份，反而是在理清人世的道德網絡，糾正世人種種陷溺的思維觀念，爲道德尋根，爲道德放長線，釣泗游天地間的大魚。因此，道家宇宙人生觀並不消極，也不是中性的。若能由不傷害天理，不違背天道，轉爲積極地創化人文，以種種人文活動來參與天地大化，如西方宗教之以財富光耀天主，或可使許多不信最高主宰的中國人不再自我陶醉於小我的精神天地裏。

也許，道家的宇宙觀是很好的思想素材，下可引導自然科學，使其與儒家人文成就相契合；上則可銜接超越世界，展現道的多重風貌，讓那些堅決擁護傳統的中國知識分子（特別是某些以延續儒家慧命為己任的人文學者）有較大的胸襟接納宗教。項教授的發現正是一個起點，哲學的研究也可拿現代人心為調查的對象，以關懷每一副心靈，以把捉社會各階層間的種種思想活動，而不讓社會科學獨享。

七十五年四月號「哲學與文化」月刊

人文與心理

國內心理學的科學走向相當的顯著，這在一個心理研究仍滯於開發階段的地區，應屬正常現象。面對紛飛的心理現象，心理學以凝定的手法在心的廣袤中尋求具徵驗性的資料，供給理性批判之需，其貢獻是直接而貼切的。對於活動中的個人及羣體，心的把捉需費相當的心思及訓練有素的持恒的注意力。因此，科學的方法確是個身手矯捷的捕快，在心的歧途異路之間。

不過，由於方法的過度運用，特別是統計方法已成心理研究者手中的一把快刀，一顆顆完好的心往往在被對象化之後淪爲數字的玩物。常見心理學家自我設限，一味暴呈心理的表層現象，至於深廣的心理內涵，卻有一大部分被丟落在客觀化的學術語言之外。心理學家可以不必對主體的人負完全之責，但若在分析之餘，未能續作人文的深度的綜合，或竟以爲吾人心理可以完全具象化，心理內涵可以完全被平面攤開，其他的人文進路可以爲心理研究完全取代，如此狂妄作風極可能演成學術之禍，人性也就難免貶謫之辱。

如果心理也算是思想之映照，則它應有相當大的部分落在歷史的軌道中。個人的歷史是營造個人心理結構的工程，而羣族文化與社會環境是助成各種心理狀態的重要因素。如此看來，心理的研究終究是人文的研究。對於自然與人文的分野，心理學家應善於明辨。於曲折心路尋幽訪勝的歷程中，若一味固執採自自然科學的方法，而盲目侵入人文領域，將本該置身於歷史之中的個人與羣體硬拉到眼前此際，使一顆心形同一隻待宰的青蛙，切斷了與其生存環境的親密關係，兀自掙扎於顯微鏡下，那就是知識的過失了。

統計利刃之於人心－包括理性與非理性，其殺傷力是不能不提防的。歷史哲學家柯林烏（R. G. Collingwood）在其「歷史的理念」一書中說：「統計研究對於歷史家而言，是一個好僕役，卻是一個壞主人。統計推論對他並沒有好處，除非是藉此方法以探知事實背後的思想。今天，歷史思想幾乎都在設法使其自身從實證主義的錯誤圈套中解放出來，而且也漸漸體認到：本質上，歷史就是過去的思想在歷史家心中的重演。」如此深刻的省思同樣適用於心理學及心理學家。心理學家對心理事實背後的思想以及心理寶庫所貯存的理性成素，是不能置之不顧的。對於心理的非理性成分，屬自然科學的生理學可幫心理學家的大忙；但對於心理的理性成分及超理性成分，心理學家就得求助於哲學甚至宗教了。以科學對付非理性，以人文薰習理性，並進一步以理性轉化非理性，則再頑劣的心也可被馴服。

在此，我們似乎可以模仿柯林烏的說法，下這樣的界說：「心理學就是吾人一貫思想過程在心理學家心中的重演。」在心心交映之際，心理學家自我的省思與檢察，是比汲汲於觀察與統計要重要得多。統計方法終究只是個方法，絕不是眞理的代言人。有著深厚人文傳統的中國人，當熱切盼望國內也能出現如同羅洛梅（Rollo May）那般傑出的人文心理學家（Humanistic Psychologist），把歷史和時代的線索交織於個人最內在的心靈，注重人心更強調人性的價值，談文學藝術也辨明哲學的形上思維。

七十五年六月號「哲學與文化」月刊

滄海叢刊已刊行書目（八）

書名	作者	類別
文學欣賞的靈魂	劉述先	西洋文學
西洋兒童文學史	葉詠琍	西洋文學
現代藝術哲學	孫旗譯	藝術
音樂人生	黃友棣	音樂
音樂與我	趙琴	音樂
音樂伴我遊	趙琴	音樂
爐邊閒話	李抱忱	音樂
琴臺碎語	黃友棣	音樂
音樂隨筆	趙琴	音樂
樂林蓽露	黃友棣	音樂
樂谷鳴泉	黃友棣	音樂
樂韻飄香	黃友棣	音樂
樂圃長春	黃友棣	音樂
色彩基礎	何耀宗	美術
水彩技巧與創作	劉其偉	美術
繪畫隨筆	陳景容	美術
素描的技法	陳景容	美術
人體工學與安全	劉其偉	美術
立體造形基本設計	張長傑	美術
工藝材料	李鈞棫	美術
石膏工藝	李鈞棫	美術
裝飾工藝	張長傑	美術
都市計劃概論	王紀鯤	建築
建築設計方法	陳政雄	建築
建築基本畫	陳榮美 楊麗黛	建築
建築鋼屋架結構設計	王萬雄	建築
中國的建築藝術	張紹載	建築
室內環境設計	李琬琬	建築
現代工藝概論	張長傑	雕刻
藤竹工	張長傑	雕刻
戲劇藝術之發展及其原理	趙如琳譯	戲劇
戲劇編寫法	方寸	戲劇
時代的經驗	汪琪 彭家發	新聞
大衆傳播的挑戰	石永貴	新聞
書法與心理	高尚仁	心理

滄海叢刊已刊行書目(七)

書名	作者	類別
印度文學歷代名著選(上)(下)	糜文開編譯	文學
寒山子研究	陳慧劍	文學
魯迅這個人	劉心皇	文學
孟學的現代意義	王支洪	文學
比較詩學	葉維廉	比較文學
結構主義與中國文學	周英雄	比較文學
主題學研究論文集	陳鵬翔主編	比較文學
中國小說比較研究	侯健	比較文學
現象學與文學批評	鄭樹森編	比較文學
記號詩學	古添洪	比較文學
中美文學因緣	鄭樹森編	比較文學
文學因緣	鄭樹森	比較文學
比較文學理論與實踐	張漢良	比較文學
韓非子析論	謝雲飛	中國文學
陶淵明評論	李辰冬	中國文學
中國文學論叢	錢穆	中國文學
文學新論	李辰冬	中國文學
離騷九歌九章淺釋	繆天華	中國文學
苕華詞與人間詞話述評	王宗樂	中國文學
杜甫作品繫年	李辰冬	中國文學
元曲六大家	應裕康 王忠林	中國文學
詩經研讀指導	裴普賢	中國文學
迦陵談詩二集	葉嘉瑩	中國文學
莊子及其文學	黃錦鋐	中國文學
歐陽修詩本義研究	裴普賢	中國文學
清眞詞研究	王支洪	中國文學
宋儒風範	董金裕	中國文學
紅樓夢的文學價值	羅盤	中國文學
四說論叢	羅盤	中國文學
中國文學鑑賞舉隅	黃慶萱 許家鸞	中國文學
牛李黨爭與唐代文學	傅錫壬	中國文學
增訂江皋集	吳俊升	中國文學
浮士德研究	李辰冬譯	西洋文學
蘇忍尼辛選集	劉安雲譯	西洋文學

滄海叢刊已刊行書目(六)

書名	作者	類別
卡薩爾斯之琴	葉石濤	文學
青囊夜燈	許振江	文學
我永遠年輕	唐文標	文學
分析文學	陳啓佑	文學
思想起	陌上塵	文學
心酸記	李喬	文學
離訣	林蒼鬱	文學
孤獨園	林蒼鬱	文學
托塔少年	林文欽編	文學
北美情逅	卜貴美	文學
女兵自傳	謝冰瑩	文學
抗戰日記	謝冰瑩	文學
我在日本	謝冰瑩	文學
給青年朋友的信(上)(下)	謝冰瑩	文學
冰瑩書柬	謝冰瑩	文學
孤寂中的廻響	洛夫	文學
火天使	趙衛民	文學
無塵的鏡子	張默	文學
大漢心聲	張起鈞	文學
回首叫雲飛起	羊令野	文學
康莊有待	向陽	文學
情愛與文學	周伯乃	文學
湍流偶拾	繆天華	文學
文學之旅	蕭傳文	文學
鼓瑟集	幼柏	文學
種子落地	葉海煙	文學
文學邊緣	周玉山	文學
大陸文藝新探	周玉山	文學
累廬聲氣集	姜超嶽	文學
實用文纂	姜超嶽	文學
林下生涯	姜超嶽	文學
材與不材之間	王邦雄	文學
人生小語(一)(二)	何秀煌	文學
兒童文學	葉詠琍	文學

滄海叢刊已刊行書目(五)

書名	作者	類別
中西文學關係研究	王潤華	文學
文開隨筆	糜文開	文學
知識之劍	陳鼎環	文學
野草詞	韋瀚章	文學
李韶歌詞集	李韶	文學
石頭的研究	戴天	文學
留不住的航渡	葉維廉	文學
三十年詩	葉維廉	文學
現代散文欣賞	鄭明娳	文學
現代文學評論	亞菁	文學
三十年代作家論	姜穆	文學
當代臺灣作家論	何欣	文學
藍天白雲集	梁容若	文學
見賢集	鄭彥棻	文學
思齊集	鄭彥棻	文學
寫作是藝術	張秀亞	文學
孟武自選文集	薩孟武	文學
小説創作論	羅盤	文學
細讀現代小説	張素貞	文學
往日旋律	幼柏	文學
城市筆記	巴斯	文學
歐羅巴的蘆笛	葉維廉	文學
一個中國的海	葉維廉	文學
山外有山	李英豪	文學
現實的探索	陳銘磻編	文學
金排附	鍾延豪	文學
放鷹	吳錦發	文學
黃巢殺人八百萬	宋澤萊	文學
燈下燈	蕭蕭	文學
陽關千唱	陳煌	文學
種籽	向陽	文學
泥土的香味	彭瑞金	文學
無緣廟	陳艷秋	文學
鄉事	林清玄	文學
余忠雄的春天	鍾鐵民	文學
吳煦斌小説集	吳煦斌	文學

滄海叢刊已刊行書目(四)

書名	作者	類別
歷史圈外	朱桂	歷史
中國人的故事	夏雨人	歷史
老臺灣	陳冠學	歷史
古史地理論叢	錢穆	歷史
秦漢史	錢穆	歷史
秦漢史論稿	刑義田	歷史
我這半生	毛振翔	歷史
三生有幸	吳相湘	傳記
弘一大師傳	陳慧劍	傳記
蘇曼殊大師新傳	劉心皇	傳記
當代佛門人物	陳慧劍	傳記
孤兒心影錄	張國柱	傳記
精忠岳飛傳	李安	傳記
八十憶雙親 師友雜憶 合刊	錢穆	傳記
困勉強狷八十年	陶百川	傳記
中國歷史精神	錢穆	史學
國史新論	錢穆	史學
與西方史家論中國史學	杜維運	史學
清代史學與史家	杜維運	史學
中國文字學	潘重規	語言
中國聲韻學	潘重規 陳紹棠	語言
文學與音律	謝雲飛	語言
還鄉夢的幻滅	賴景瑚	文學
葫蘆・再見	鄭明娳	文學
大地之歌	大地詩社	文學
青春	葉蟬貞	文學
比較文學的墾拓在臺灣	古添洪 陳慧樺 主編	文學
從比較神話到文學	古添洪 陳慧樺	文學
解構批評論集	廖炳惠	文學
牧場的情思	張媛媛	文學
萍踪憶語	賴景瑚	文學
讀書與生活	琦君	文學

滄海叢刊已刊行書目㈢

書名	作者	類別
不疑不懼	王洪鈞	教育
文化與教育	錢穆	教育
教育叢談	上官業佑	教育
印度文化十八篇	糜文開	社會
中華文化十二講	錢穆	社會
清代科舉	劉兆璸	社會
世界局勢與中國文化	錢穆	社會
國家論	薩孟武譯	社會
紅樓夢與中國舊家庭	薩孟武	社會
社會學與中國研究	蔡文輝	社會
我國社會的變遷與發展	朱岑樓主編	社會
開放的多元社會	楊國樞	社會
社會、文化和知識份子	葉啓政	社會
臺灣與美國社會問題	蔡文輝 蕭新煌 主編	社會
日本社會的結構	福武直 著 王世雄 譯	社會
三十年來我國人文及社會科學之回顧與展望		社會
財經文存	王作榮	經濟
財經時論	楊道淮	經濟
中國歷代政治得失	錢穆	政治
周禮的政治思想	周世輔 周文湘	政治
儒家政論衍義	薩孟武	政治
先秦政治思想史	梁啓超原著 賈馥茗標點	政治
當代中國與民主	周陽山	政治
中國現代軍事史	劉馥 著 梅寅生 譯	軍事
憲法論集	林紀東	法律
憲法論叢	鄭彥棻	法律
師友風義	鄭彥棻	歷史
黃帝	錢穆	歷史
歷史與人物	吳相湘	歷史
歷史與文化論叢	錢穆	歷史

滄海叢刊已刊行書目(二)

書名	作者	類別
老子的哲學	王邦雄	中國哲學
孔學漫談	余家菊	中國哲學
中庸誠的哲學	吳怡	中國哲學
哲學演講錄	吳怡	中國哲學
墨家的哲學方法	鐘友聯	中國哲學
韓非子的哲學	王邦雄	中國哲學
墨家哲學	蔡仁厚	中國哲學
知識、理性與生命	孫寶琛	中國哲學
逍遙的莊子	吳怡	中國哲學
中國哲學的生命和方法	吳怡	中國哲學
儒家與現代中國	韋政通	中國哲學
希臘哲學趣談	鄔昆如	西洋哲學
中世哲學趣談	鄔昆如	西洋哲學
近代哲學趣談	鄔昆如	西洋哲學
現代哲學趣談	鄔昆如	西洋哲學
現代哲學述評(一)	傅佩榮譯	西洋哲學
董仲舒	韋政通	世界哲學家
程顥・程頤	李日章	世界哲學家
狄爾泰	張旺山	世界哲學家
思想的貧困	韋政通	思想
佛學研究	周中一	佛學
佛學論著	周中一	佛學
現代佛學原理	鄭金德	佛學
禪話	周中一	佛學
天人之際	李杏邨	佛學
公案禪語	吳怡	佛學
佛教思想新論	楊惠南	佛學
禪學講話	芝峯法師譯	佛學
圓滿生命的實現(布施波羅蜜)	陳柏達	佛學
絶對與圓融	霍韜晦	佛學
佛學研究指南	關世謙譯	佛學
當代學人談佛教	楊惠南編	佛學
不疑不懼	王洪鈞	教育
文化與教育	錢穆	教育
教育叢談	上官業佑	教育
印度文化十八篇	糜文開	社會學
中華文化十二講	錢穆	社會學
清代科舉	劉兆璸	社會學

滄海叢刊已刊行書目(一)

書名	作者	類別
國父道德言論類輯	陳立夫	國父遺教
中國學術思想史論叢(一)(二)(三)(四)(五)(六)(七)(八)	錢穆	國學
現代中國學術論衡	錢穆	國學
兩漢經學今古文平議	錢穆	國學
朱子學提綱	錢穆	國學
先秦諸子繫年	錢穆	國學
先秦諸子論叢	唐端正	國學
先秦諸子論叢（續篇）	唐端正	國學
儒學傳統與文化創新	黃俊傑	國學
宋代理學三書隨劄	錢穆	國學
莊子纂箋	錢穆	國學
湖上閒思錄	錢穆	哲學
人生十論	錢穆	哲學
中國百位哲學家	黎建球	哲學
西洋百位哲學家	鄔昆如	哲學
現代存在思想家	項退結	哲學
比較哲學與文化(一)(二)	吳森	哲學
文化哲學講錄(一)(二)(三)(四)	鄔昆如	哲學
哲學淺論	張康譯	哲學
哲學十大問題	鄔昆如	哲學
哲學智慧的尋求	何秀煌	哲學
哲學的智慧與歷史的聰明	何秀煌	哲學
內心悅樂之源泉	吳經熊	哲學
從西方哲學到禪佛教—「哲學與宗教」一集—	傅偉勳	哲學
批判的繼承與創造的發展—「哲學與宗教二集」—	傅偉勳	哲學
愛的哲學	蘇昌美	哲學
是與非	張身華譯	哲學
語言哲學	劉福增	哲學
邏輯與設基法	劉福增	哲學
知識・邏輯・科學哲學	林正弘	哲學
中國管理哲學	曾仕強	哲學